# 穆斯林的
# 彩　虹

馬德俊長詩

# 序 民族敘事詩的新收穫

## ——評馬德俊的《穆斯林的彩虹》*

吳開晉

　　在中國各兄弟民族中，蘊藏著大量優美的民間傳說和敘事長詩。五十年代中後期通過各地文藝工作者的搜集整理，不斷被挖掘出來，像著名的撒尼民間敘事詩《阿詩瑪》，藏族史詩《格薩爾王傳》，蒙古族史詩《英雄的格斯爾可汗》和《江格爾》等，都贏得了世界聲響。一些詩人也從民間傳說中搜集素材，進行改編和再創作，也出現了像韋其麟的《百鳥衣》，白樺的《孔雀》，馬蕭蕭的《石牌坊的傳說》等優秀敘事詩作品，但除《馬五哥尕豆妹》外，其中卻少有回族的民間敘事詩和詩人創作的敘事詩發表和出版。當時正值青年的馬德俊先生在大學教現當代文學史，作為一名回族的詩人和教師總覺心裡不是滋味，於是在著名兒童詩人聖野的鼓勵下便開始了敘事詩《穆斯林的彩虹》的創作。六十年代初完成第一稿，想不到由於種種原因一擱便是三十年。今天電子科技大學出版社把它出版，不僅是詩壇的幸事，而且也是少數民族文學的一大收穫。魯迅先生早就說過：「從唱本說書裡，是可以產生托爾斯泰、弗羅培爾（福樓拜——引者注）的。」（《南腔北調集・論「第三種人」》）老詩人馬德俊選擇了這樣一條創作之路。

---

* 編案：本文原刊於簡體初版（電子科技大學出版社）問世時的1993年《芒種》雜誌。

《穆斯林的彩虹》是根據流傳在川滇地區的回族民間傳說再創作的。詩人以飽滿的激情，描述了回族青年英雄馬阿里和聰明美麗的姑娘者麥麗的愛情悲劇，以及馬阿里和回族群眾同上層統治者及官府的英勇鬥爭並最後光榮獻身的壯烈事蹟。長詩最突出的特色是以蘸著強烈愛憎之情的筆墨塑造出鮮明多彩的各色人物形象，以及它的曲折動人的故事情節和迷人的少數民族風俗習慣的渲染。馬阿里勤勞勇敢，技藝超凡，他和美麗的者麥麗相愛。貴族頭人哈大鼻卻強行阻攔，並用卑劣手段搶娶者麥麗，陷害馬阿里。一次次遭到失敗後又與官府勾結，洗劫回回寨。最後，馬阿里為免除回漢族民眾的滅頂之災，毅然挺身而出，遭到殺害。詩中根據民間傳說描繪他化作了天邊的彩虹。這正是人民群眾的美好理想和願望的曲折反映，這一傳說閃耀著人民性的光彩。詩人對馬阿里的描繪，也正是根據人民群眾的願望使之理想化、典型化，但又不是公式化、概念化、臉譜化的再現，而賦予他豐富的人情味和有血有肉的個體形象，不但使讀者感到他可敬，而且覺得他可親。詩人描寫他的成長：「娃娃喝了苦井水，長得飛快，五個月就會走路，六個月就會叫爹媽，十二歲就長得跟小夥子一般大。」這正是民間敘事詩和傳說故事中對主人公常用的描寫手法。而他對回族中的欺壓群眾的哈大鼻，卻義正詞嚴地進行痛斥：「你戴王冠，我也不怕，你穿龍袍，我也要管，大路不平，眾人來鏟。」詩人正是把馬阿里描繪成人民群眾正義的化身，內中浸透了詩人對主人公的深厚之情。為了突出這一人物形象，又通過曲折的故事情節，叫他經受種種磨難，一次次去戰勝回

漢人民的共同敵人——封建的農奴主哈大鼻和與之相勾結的官府衙門。為了陷害或毒害馬阿里，哈大鼻不但請了武藝高強的打手和馬阿里比武甚至偷襲，而且還利用宗教手段挖走代表馬阿里生命的刻著經文的磚石。打手們一個個被打得落荒而逃，挖走的經磚也在者老漢的計謀下重新奪回，使馬阿里從昏迷中醒來，這些描寫都是扣人心弦的。長詩不但表現了馬阿里的勇敢，而且還以幽默的筆法展現了他的機智。如他以牧羊人身份戲弄官兵；用巧計進入哈大鼻的深宅大院，擊破了陷害他的詭計；當者麥麗又被抓進哈大鼻家時，他帶人化裝成官兵，並冒充巡撫使者把者麥麗強要回來。其中有許多生動的細節讓人讀了忍俊不禁，深深感受到詩人從民間文學中吸取來的反嘲與幽默的藝術手法之妙。當然，馬阿里這一光彩形象的樹立，還在於結尾處的悲壯場面的描繪。巡撫老兒為踏平回回寨抓住馬阿里，不但用大軍包圍寨子，而且抓了不少老弱婦殘作為人質，揚言「馬阿里不投案便把人質腰斬」。這時，「一道道通牒射向寨內，像死神黑色的披肩，遮住了太陽，裏住了白天。瞬間，寨內的空氣凝結了，瞬間，寨子變成嚴寒的冬天，瞬間，鄉親們開始慌亂，瞬間，寨子像一隻擱淺的船。」在這危急時刻，儘管有幾個勇士願代阿里去死，但他怎能答應？「午時三刻已經迫近，他來不及與雙親告別，他顧不上和嬌妻辭行，他沒時間跟幼女親親。」「午時三刻的炮已響，馬阿里從容走向刑場，他選定一塊坡地，把一條紅毯鋪上。」他挺身而出，去代替水深火熱中的百姓承受苦難，壯烈犧牲，但詩人並沒有正面寫劊子手的揮刀與阿里的被殺，而是以浪漫主義手法描繪了

一幅傳說中的動人情景：「突然天地飛沙走石，突然一陣暴雨雷電，戰馬驚恐地漫野奔跑，巡撫帳前旗杆折斷。暴風後天空出現彩虹一道，暴雨後坡上出現松柏一片，有人說阿里登上彩虹進入天國，有人說阿里化為松柏守衛家園。」這使人想起《梁山伯與祝英台》傳說中的「最後化蝶」和《阿詩瑪》長詩中阿詩瑪化為「回聲」的結尾，都是人民群眾美好願望的體現，人民通過幻想戰勝了邪惡的黑暗勢力。《穆斯林的彩虹》中這一結尾，正是詩人根據廣大回民的美好願望點化而成，不但給人以悲壯美，而且給人以無限遐想的空間，使讀者讀後「悲而不傷」，激起為正義而鬥爭的精神力量。長詩中對其他人物的描寫也是成功的，如聰明善良的者麥麗；為救漢人姑娘而中箭犧牲的海蒂徹；同阿里重名的另兩位神勇的馬阿里；貪婪好色、刁鑽狡猾的哈大鼻等，都給人以深刻的印象，像眾星拱月、綠葉襯花一樣把主人公馬阿里的形象烘托得更多彩、更豐滿。這是值得人們稱許的。

　　長詩的另一突出成就是它的濃郁的民族地方特色。且不說故事的本身即來源於流傳在川滇地區的回寨傳說，便帶有濃重的回族文化色彩，只說書中對各種人物和故事情節的描繪，就具有獨特的穆斯林風尚習俗的味道。按穆斯林教旨，孩子生下來不但要請阿訇念經，而且要根據古《可蘭經》的先賢之名為他取名。此外，如慶祝節日、婚禮嫁娶之時，有賽馬射箭叼羊的比賽，以及唱歌起舞等，都有其獨特的規範，長詩描繪得令人神往。而當壞人施展奸計想陷害主人公時，有時請人念經咒，有時又偷挖其護身之寶——經磚，這些都是回民生活中

獨有的，也增加了長詩的民族特色。如在穆斯林慶祝古爾邦節
（即宰牲節日）時，騎手們比賽射草紮的大雁的描寫，就很富
有神韻，他們真是一個賽過一個，有的射中尾，有的中腹，而
馬阿里卻是：「白袍少年突然出現，他胯下的白馬如流星閃
電，他馳過那根高桿，突然翻身貼在馬腹下邊。正當駿馬一雙
後腿騰空起，瞬間馬腹下面飛出一支箭，飛箭穿透了大雁的雙
眼，頓時歡呼震動了美麗的草原。」這一描寫不僅突出了人物
形象，而且渲染了獨特的民族色彩。再如對馬阿里和者麥麗婚
禮的描寫，也很動人。此時新郎要唱歌紮彩帶迎親：「彩帶收
起門打開，老阿達捧出香茶來，內泡桂圓、紅棗和葡萄乾，飲
下冰糖茶水甜一生。者麥麗哭鬧著不肯上馬背，掉下的卻是歡
樂的眼淚，彩帶連著兩人的腰，並著肩兒朝回跑。」這種對民
族風尚的描寫在長詩中不勝枚舉。據此看來，這部長詩還為民
俗學的研究提供了一些寶貴的資料。

　　由於長時間的擱置，或受原來民間傳說的限制，長詩也有
一些不足之處，如從詩的角度講，人物內心的揭示和抒情性在
有的章節中還嫌不足，在情節的安排和語言的錘煉上也有粗疏
之處，這有待於詩人去進一步修改，以臻完善。

　　《穆斯林的彩虹》的出版，不僅具有填補回族長篇敘事詩
創作空白的意義，而且也給文學界帶來可貴的啟示：在我國各
民族中蘊藏著豐富的口頭文學作品，專業作家和詩人們只要潛
心挖掘，可以獲得豐富的創作素材，而這也正是弘揚民族文化
的一個重要方面。

# 序　紀念我的父親馬德俊

馬琰[*]

　　我的父親馬德俊是中國人民大學文學院教授，父親告訴我，他是個「七月子」，在祖母腹中不足月就匆匆忙忙地闖到人世間來。體弱多病的祖母在父親不足兩歲時就病逝了，父親是被勤勞善良的繼母帶大的。在四川青白江唐家寺回族聚集生存的地方，有父親貧困的童年生活。在天方夜譚般的世界裡，在家鄉秀美的山水孕育下，父親的心裡有抒發不盡的鄉思情懷，他用手中的筆，為自己的民族謳歌，一直到生命的最後。他的精神和信念，他的才華和智慧，感動著老一輩人，也深刻地感動著我們這些做子女的後輩。

　　2010年9月2日晚，我開車急速趕到北醫三院，衝進急診室大廳，沒有看到父親。迎到大門口，看見兒子和絲思將父親扶下計程車。父親依然是白衣衫、白褲子、白鞋襪，消瘦而精神，自己拄著拐杖向我走來。看到我的時候，他向我微微一笑，這一幕便永遠定格在我心中最深處。致命的腦血栓在兩天之後無情地奪走了我至親至愛的老父親最寶貴的生命。

　　2010年9月5日凌晨一點十分，我的父親永遠地離開了這個帶給他痛苦、悲傷，又帶給他欣慰、快樂的世界。按照父親的

---

[*] 作者馬琰為馬德俊的女兒。

遺願，我們沒有在北醫三院久留，立刻驅車前往北京南郊。經過一個小時的路程，我們到達大興薛營一個回族小村莊，村中的清真寺為父親、為我們打開了暗淡的燈光。夜深人靜，父親被停放在水房。這是我們家人陪伴父親最後的一夜了。我們在堂屋默默地守候著，心中失去親人的痛苦無法言語。

凌晨，劉阿訇拿來十五頂回族的白色禮拜帽和纏腰的白布。這時，我的手機響了，是謝老師打來的。她聽到消息後執意要趕來，我說與我弟弟商量一下。父親有很多朋友，他們年歲大，身體不好，我們不願讓大家勞累，不然於心不安。所以我們最終決定只是家裡的幾位親人送我父親最後一程。謝老師說：「你的父親不是一般的人，他是我們民族的驕傲，他是很有影響力的人，而且我們也不是一般的朋友，我們是一定要去送他的。」還有馬博忠伯伯、敏俊卿博士。因為要等父親的這些摯友，我們將葬禮延遲到中午。我的手機又響了，九十五歲的黃潔伯伯打來電話，說要寄來送給我父親喜愛的山水畫書卷，並問我父親是否安好。我忍著悲痛「嗯」了一聲，他又繼續問道：「你爸爸好嗎？」我還是「嗯」了一聲，沒有告訴他。後來他從學校知道了父親「無常」的消息，很責怪我，我是想伯伯年紀大了，我希望他有一個好心情，不願讓他和我們一起痛苦。黃伯伯的女兒打電話告訴我，黃伯伯一晚上都沒睡著覺。父親的突然離開，讓他所有的好友都難以接受。甘肅八十八歲的馬有信伯伯和伯母，當天也打來電話，說親手給父親做的「油香」用特快專遞寄過來了。我說，父親他吃不到了，並如實地告訴了他們父親「無常」的消息。他們大哭了

一場，之後他們的兒子國慶給我發來短信，說伯父伯母哭了一整天，吃不下也睡不著。伯父伯母又給我打電話，哭著說了這樣一段話：「像你父親這樣的人，在這個世界上再沒有第二個了……他在開齋節最好的日子（第一天）『無常』了，這就說明他是一個多麼好、多麼善良的人。他才華橫溢，熱愛自己的民族，宣揚民族精神，你們要永遠記住他。」

中午，簡樸、自然、聖潔的葬禮開始了。我們傳經、讚經、跪經，將父親送到小村莊旁的回民墓地。2009年12月3日，我的母親已先一步安葬在這裡。墓地和墓碑父親都已為自己安排好了。我們靜靜地跪在黃黃的沙土上，看著父親入葬。大家開始輪流用鐵鍬覆土，阿訇開始傳念古蘭經，一個念完另一個接著念。最後大家捧起雙手，肅穆幾分鐘，輕輕地用雙手摸一下臉，念一句「阿米耐」。

父親就這樣離開了我們，頭也不回地走了。他去找我們的母親，永永遠遠和母親在一起了。

父親留給我們一種精神，這就是民族精神。他常教育我們，你生長在這個民族，就要熱愛這個民族，就要遵守這個民族的風俗習慣。曾經有位東北的專家學者對我說：「你的父親很了不起，我認識了你的父親，通過認識他，我瞭解和認識了一個了不起的民族。」

父親的朋友非常非常多，如吳開晉叔叔、王春煜、張學正、來春剛、朱熔、王清波、謝冕、魏蘭、鄭國權、王國漳、李春、榮英、周耀伯伯……父親對朋友肝膽相照，一片冰心。為朋友做任何事情都無怨無悔。他的書信非常多，天南地北的

朋友寄來詩書，或是探討國家的命運、民族的前途，或是問候生平冷暖、家人平安。年初第一次住院之後，有一批書信沒有來得及回覆，他就常常惦記著。看到年青人寫得好的文章和詩句，他就讚不絕口。父親大多的朋友是文學界的專家學者，朋友中也不論年齡大小、男女老少，走到任何地方，他都會有朋友找上門來，甚至去香港、新加坡、馬來西亞旅遊期間，都有很多朋友多次到人民大學的家中拜訪。有對青年夫婦，從結婚到孩子出生，來過數次，因其職業是電腦工程師，還幫父親調試好了電腦。

父親對文學的執著和勤奮是驚人的。他從十多歲就開始創作發表詩歌、散文、小說，後期則以評論居多。這一生，他發表了多少文章，已無法計數。他的代表作是可稱為回族史詩的《穆斯林的彩虹》。這是一部非常淒美的愛情長篇敘事詩。我們是讀著它長大的。那種親切感是可想而知的。父親寫的散文〈母親〉非常感人，我每讀一遍，都會流淚。我曾把父親的書，特別是〈母親〉這篇散文送給很多臺灣的老師看，感動了很多臺灣高校的老師。有一位臺灣老師特意把他在北大讀書的女兒帶到我家，他說要讓他的女兒見見寫書的作者。當這位臺灣老師和他的女兒離開我家時，父親又送給他們許多書籍。許多臺灣的老師告訴我，你父親寫的東西感人至深，令人回味，是大手筆。父親是多才多藝的，臺灣著名詩人余光中教授也曾囑咐我：「你父親畫的畫盤再不要送人了，你要好好珍藏起來。」可是父親寫的東西，並不被宣傳和報導。這是因為民族性的東西比較強，不符合相關要求。但是我想說的是，越是民

族的就越是中國的,越是世界的。少數民族作品「阿詩瑪」、「白鳥衣」一樣是中華民族的文化精華。所以我們期待著更多的人能夠看到優秀的回族作品——《穆斯林的彩虹》。相信不僅回族人會知道《穆斯林的彩虹》,中華民族也會為之感到驕傲,它最終會被整個中華民族認可。

父親給我們的是一種執著的追求。父親稱自己是一個教書匠,我們常笑父親和母親的職業病就是對我們進行「再教育」,但是我們受益匪淺。作為他們的兒女,我們在各自的崗位上盡職盡責,沒有給父母丟臉。從父親寫的專著《從我耕耘的歲月走來》中就可以看到他執著的追求。他用自己畢生的精力,努力為自己的民族吶喊,謳歌自己民族的勤勞、勇敢、純樸、善良,同時,傾吐他對祖國的摯愛,對家鄉的眷戀。在他八十多歲的時候,他動筆寫了一部長篇小說《愛魂》,描寫抗日戰爭時期一對青年男女的人生經歷,人們可以通過這部小說了解那一個時期的歷史狀況和風土人情,這是父親給我們後人留下的寶貴的歷史資料。父親用筆耕耘一生,直到他生命的最後。

父親走了,永遠的走了。他像所有的父親一樣愛自己的兒女,但他給予我們的愛是刻骨銘心的。雖然我們沒有父輩那種艱苦卓絕的生活經歷,可是我們知道要記住歷史,記住父輩對我們的教誨,懂得珍惜。做人就要像父親那樣堂堂正正,坦蕩無私,當離開這個世界的那一天,所有認識你的人都在默默追思。雖然沒有追悼會,沒有告別儀式,更沒有鮮花,但你擁有的是博大的民族情懷,深遠的親情和愛。你是最富有的,你有

像你的人生一樣燦爛輝煌的文學作品，你有天上數不清的星星一樣多的親朋好友和讀者，你更有我們。在你荊棘的人生道路上，後繼有人。


## 父親走了

女兒　馬琰

父親笑著望我，
別難過，
我在看著你們呢！
不寂寞，
有你母親陪伴著。

九月的墨綠，
是穆斯林的顏色，
父親的生命，
延續在我跳動的脈搏，
父親他永遠走了。

父親他永遠走了，
臺階上頓足聲未落，
書屋墨香淡淡飄散著，
依稀聽到濃濃的川音，
鐘錶還在牆上走著秒格。

父親他永遠走了，
衣架上的白色衣衫，
還蘊著父親溫暖的熱，
離開主人的木手杖，
斜倚在牆角沉默。

父親他永遠走了，
郵箱裡一封封遠方來信，
陽臺上滿含淚水的花朵，
誰能讓時間回轉，
誰能把父親還我。

父親笑著望我，
我哭了，
天勸我別哭，
可天卻把悲傷流成了銀河，
父親他真的永遠走了。


## 愛的回憶

外孫　劉迪

童年，
在他的面前，
愛哭鬧，愛撒嬌，

愛奶聲奶氣叫著姥爺，
愛躺在床上傾聽他的想像。

少年，
在他的面前，
愛嬉鬧，愛炫耀，
愛蹦來蹦去秀著新裝，
愛高談闊論說著我的理想。

青年，
在他的面前，
愛幽默，愛談笑，
愛擁抱他硬朗的身體，
愛看著他和藹可親的微笑。

彩色記憶還縈繞在我的腦海，
灰色心情卻悄然走入我的心田，
微笑著拄拐走入醫院，
卻永遠走出我的視線。

當愛已成為回憶，
就珍惜記憶中的永恆。

# 序　父親把全部情感和心智獻給了 回族史詩[*]

馬小軍

　　歲月悠悠，往事如煙，記得在我上小學之前的1965年，父親就開始給我和姐姐朗讀他寫的《蛟龍坡》，就是發表於1993年改名為《穆斯林的彩虹》的回族敘事長詩。在我幼小的心裡印象最深的就是馬阿里與拳師搏鬥的那段情節，馬阿里是個武術好手，練就了一個絕技叫雞心腿，在遭到拳師偷襲眼看就要被掐死的一剎那，他用雞心腿打敗了敵人。印象深刻的另一個情節是描寫哈大鼻偷走經磚後馬阿里昏睡不起的揪心場景，偷磚和護磚的鬥爭驚心動魄。由於讀過很多遍，許多章節和詩句我都能背誦出來了。這是回族的第一部史詩，它以飽沾激情的筆墨展現了回族人民絢麗多彩的生活畫卷和反抗壓迫的悲壯歷史，隨著時間的推移因其獨特魅力受到了文學評論界越來越高的讚譽，被稱作回族的《阿詩瑪》、《百鳥衣》、《江格爾》。

　　父親常和我談到這部詩的寫作，也常談到他淒苦的童年。父親出生在四川省成都市新都回族聚居的彌穆小鎮，從小沐浴在伊斯蘭文化的陽光裡，一生保持著篤實的信仰。我爺爺生活在社會底層，以賣牛肉為生，沒上過學，但他很會講故事，口

---

[*] 本文原載於《中國穆斯林》2011年第9期，「馬德俊先生歸真一周年紀念專輯」；
　作者馬小軍為馬德俊之子。

才出眾，記憶超群，無論是天方夜譚還是當地的民間傳說都講得很傳神、迷人，父親小時侯每天晚上都纏著爺爺講故事，這些素材後來成為他創作的基礎。我曾問他，民間傳說中是否有馬阿里的原型？他說確實傳說中有個回族英雄馬蛟龍，但他是把馬蛟龍、白二先生、耗子馬么等幾個傳說中的人物集中起來再加上大幅度的創作寫成的。父親從小天資聰慧、感情細膩、思維敏捷，頗具文學天賦，小時他在清真小學接受了兩年的穆斯林經堂教育後轉入新學堂讀書。在讀高小時他的作文就獲獎和展出，上成都西北回民中學後他的國文教師非常愛惜他的文學才華，把自己精美的現代詩抄送給他，還專門為他訂了文學和詩歌刊物。那時十來歲的他已經在文學刊物上發表詩作了，並且從那時起父親就夢想用詩歌這種唯美的藝術形式把他聽到和想像的回族英雄記錄、創作下來，可以說他後來發表的《穆斯林的彩虹》是一個延續了幾十年的夢。

　　然而，那個動盪的年代並沒有給他實現夢想的機會。由於家境貧寒，父親的少年保留著一份不堪回首的苦澀記憶。爺爺是個有脾氣的人，因為要養活一大家子人生活很艱難。每個學期交學費的時候就是爸爸最難挨的日子，爺爺因為手頭拮据往往拖到最後才能籌到學費，這時爺爺總是生氣地把錢扔到地上，自尊心極強的父親只能含著眼淚撿起付學費的錢。後來因為生意不好，在他讀高一的時候再也無力支撐下去了，父親不得不輟學過上了放牛娃的生活，對那一年的生活在他早年的文章裡有這樣的描寫：冬天腳冷，牛拉出來牛糞時趕緊搶上前把腳放進去取暖，夏天因為虱子咬得睡不著就躺到長板凳上，睡

著後卻被摔醒。失學後，父親像其他窮人家的孩子一樣命裡注定應該無生無息地在農村終老一生。但是一路走來父親因為文學才能總能得到了一些「貴人」的幫助，在他輟學一年後，長他兩歲的學兄禹明章資助了他，使他得以重返日思夜想的學校。父親是個知道感恩的人，對於幫助過他的恩人他始終保持著親密的友誼，工作後他定期給禹伯伯寄錢報答。

　　穿越了中國歷史上最動盪的戰爭年代，父親幾經周轉從成都來到了北京，在中國人民大學學習之後留在了這所新型大學工作。長詩《蛟龍坡》大概是父親在1958-1961年在中國人民大學工作期間斷斷續續寫成的，寫成後沒來得及修改，文化大革命就來臨了。這部長詩原稿經過萬劫不復的「文化大革命」能保存下來實在是一個奇蹟，因為可以毫不誇張地說那年代知識分子連命都難保，誰還顧得上文稿？我還記得「文革」中我們周圍的每座家屬宿舍樓、每個單元乃至每一樓層都有知識分子被揪鬥和毆打的，打擊面積之廣令人髮指，甚至周圍的每座宿舍樓都有人自殺，就在我家所住的單元就有一位專家自殺。在我們隔壁單元有一個教過我的小學老師因受「五一六」問題的折磨，用安眠藥片殺死自己的兩個親生兒子後自殺。1967年隨著「文革」形勢的發展，政治空氣越來越令人窒息，記得有一天學校的高音喇叭突然播出了揭露父親罪行的批判稿，同時也有人貼出了大字報揭露父親是壞人。那天晚上父親把我母親、姐姐和我叫到一起，說他得到學生的可靠消息，今夜會有人來抄家，我們應該做好準備。父親從小習武，武功很好，這次他準備拚死抵抗，他找來了頂門用的木板和木棍等武器，隨後我

見他燒掉了許多東西，但是他始終沒捨得燒掉他那部心愛的詩稿。在這個令人毛骨悚然的恐怖之夜，不知什麼原因造反派並沒來抄家。第二天一大早為了躲避災禍，父親帶上我們全家逃離了人大校園，躲到幾十里外位於朝陽區的舅舅家避難。我相信那天如果紅衛兵真的來了，那些文稿詩稿必然被搜走變成反革命罪證，《蛟龍坡》將不復存在。

形勢越來越緊，我們家所在地被另一派紅衛兵占領，我們被迫搬到了人大南邊的東風樓躲避，除了少量生活用品，包括那些詩稿在內的所有留下的東西理所當然成為占領者的「戰利品」。謝天謝地，後來發現在我們家居住的人並沒有動過父親的詩稿《蛟龍坡》。不久人民大學校園的武鬥開始了，人大的紅衛兵分裂成兩派，作為小孩子的我偷跑出去親眼目睹了一場只有古代戰場才能見到的戰鬥，兩邊戰鬥隊員均身穿自製的盔甲，手拿長矛和大刀等冷兵器時代的武器互相砍殺，「人大三紅」衝過去之後「新人大」留下了幾具屍體和傷員，我看見重傷員在痛苦的顫慄。在一場接一場的政治運動中，在極不穩定的社會動盪中，我們一共搬了五次家，很多東西不見了，令人驚奇的是父親的詩稿《蛟龍坡》仍然沒有丟失。後來父親去了人民大學江西「五七」幹校進行改造勞動，一去就是五年，我和母親、姐姐留守北京，這期間我表哥從四川來玩就住我家，他很淘氣，為了弄錢買吃的，背著我媽把家裡很多珍貴的書籍都賣了，但《蛟龍坡》幸運地成為漏網之魚，又逃過一劫。

粉碎「四人幫」之後，中國迎來了文學的春天、詩歌的春天，大量新時期文學作品如雨後春筍般地湧現出來。這時父親

又動了出版《蛟龍坡》的心思，他找啊找啊，終於從一堆書稿中把發黃的《蛟龍坡》翻了出來。這個時期他進行了一次較大修改，他把長詩明確定位為帶有傳奇色彩的現實主義作品，去掉了一些過於神話的內容，他的好友人大中文系余飄教授、王清坡副教授也提出了寶貴意見。父親滿懷希望地把詩稿投到寧夏回族自治區的一家出版社，然而結果卻令人失望，因為作品的民族性和宗教性太強的原因詩稿被出版社婉拒。父親沒有死心，後來詩稿又投到在青海省的一家出版社，沒想到投稿一年卻石沉大海，後來得知那家出版社因人事變動詩稿丟失了，雖經多次去信索要均無結果，父親像丟了親生孩子一樣痛心，望著窗外枯黃的樹枝父親喃喃自語道：「詩稿丟在那麼遙不可及的地方恐怕再也找不回來了。哎！『文革』動亂中都沒弄丟這次恐怕在劫難逃！」又過了半年我勸父親再做最後一次嘗試，出乎意料的是這次去信出版社很快有了回音，詩稿找到了，但考慮到民族性和宗教性太強不宜出版。詩稿被寄了回來，對於這次退稿父親一點都不沮喪，反而慶幸詩稿失而復得，他堅信這部詩稿總有一天會被人們接受。在退稿後父親和我認真地討論了所謂民族性、宗教性太強的問題，如果去掉一些民族性或許有利於出版，但我們一致認為必須堅持這一點，因為「越是民族的就越是世界的」，父親寧願等待更寬鬆的時代而不願屈就，父親動情地對我說，「沒想到文革結束了人們的意識卻還沒完全轉變，如果我等不到出版的那一天，希望你繼續為這部詩的出版奔走」。

父親生前是中國人民大學文學院教授，他帶過的研究生

中有一個很有才幹的學生叫佟城春，畢業後分到中國人民銀行宣傳部門工作，1992年前後小佟利用在四川省印刷學習材料的機會默默地幫助父親聯繫了多家非常適合出版這部長詩的出版單位，遺憾的是沒有人敢拿去發表，理由還是那麼簡單——這部詩「民族意識」和「宗教意識」太強，例如長詩多次直接讚頌《古蘭經》，出版這樣的書恐怕會犯政治錯誤，轉機出現在1992年年底。一天晚上，騎了半個多小時自行車的父親風塵僕僕地推開我家的大門興奮地喊道：「小軍，告訴你一個好消息，小佟在成都找到了一家出版社願意出《阿里坡》」，他的臉上因興奮泛著紅暈，嘴角流出多年少見的甜美笑容。原來，詩稿鬼使神差地傳到了成都電子科技大學出版社社長的手裡，社長恰巧是位很有文學素養的人，他是恢復高考後四川大學中文系的首屆畢業生，還是中國古典文學碩士。他看了詩作後感慨道：「已經很久沒見到這麼好的文學力作了！」這位年青的社長當即表示：「即使不是我社的主要方向、即使賠錢也一定要出，因為這是國家珍貴的優秀文藝作品」，正是在他的親自督促下長詩很快就出版了，壓了三十多年的詩稿終於撥雲見日、彩虹升空。長詩出版後他還專門在北京舉行了首發式，請來中國國家民委領導以及謝冕、牛漢、劉錫誠等許多著名專家學者在第一時間對《穆斯林的彩虹》進行研討。當時我們連社長的姓名都不知道，但我們知道他是敢冒風險的、勇敢的幕後推手，正像北京大學著名詩評家謝冕教授在研討會上說的，「這部詩埋沒了三十年沒有得到發表。一個好的藝術作品是會遇到知音的，馬德俊的詩歌遇到了知音」。

為了利用好這次出版機會，那一段時間父親一直躲在我家，執迷地進行最後一次修改和補充。這次修改使故事更合理、語言更流暢，例如他把第六章中的馬阿里怒打哈大鼻改成怒打總管，避免馬阿里與哈大鼻過早地短兵相接、直接對抗。在詩的後面他又補充了「海蒂徹智鬥依爾古伯」等故事情節，使故事發展更具有戲劇性，正如鄭州大學文學院高文升院長評論的：「引戲入詩是這部作品創作中一個富有個性的藝術嘗試」。在詩中還增加了更多關於民族信仰、民族習俗的內容，比如增加了「乃麥丹的新月」一章。在最後一次修改中他對長詩的標題也做了重要修改，原名《蛟龍坡》是傳承民間傳說而來，但蛟龍是漢族的典型圖騰，沒有回族特色，隨著主人公的改名，書名也擬更名為《阿里坡》或《馬阿里和者麥麗》，但總覺得都不夠貼切，缺少悲壯成分。掂量來掂量去，最終他確定了一個更為壯美而響亮的名字《穆斯林的彩虹》。

　　當然，父親知道由於時間緊還有一些缺點沒來得及修改，比如故事中的人物偏少，如果有時間他還可以多加幾個人物充實故事。有些章節的語言還有些粗糙，還能改得更精美些。再有就是存在「階級鬥爭觀念」的影響，情節的發展本可以有多種起因。但這些缺點並不影響《穆斯林的彩虹》作為回族第一部英雄史詩在中國當代文學和民族文學上所取得的成功和產生的重要影響。許多評論文章都已詳盡分析過這部長詩在文學上的貢獻。

　　2010年月9月3日父親突發嚴重的腦梗塞被送進醫院，我請求主管大夫找來各科專家進行會診和治療，但病情在迅速惡

化。幾天來我每天都守護在他身旁，幾乎沒闔過眼。9月5日1點30分血氧濃度掉到了60、50、40，這是老人家生命的最後關頭，我多想留住他，再和他聊聊他的馬阿里和者麥麗，我撫摸著親愛的詩人父親慈祥的臉、緊握著他冰冷的手，直到他承受了太多負荷的心臟停止跳動。

父親離世後，我逐一給父親的朋友打電話告知，有多位前輩在電話那邊痛哭失聲，使我深深感受到父親在他們心中有多麼重！幾天來我越來越感受到難以承受的悲痛，只有父母離開時我們才深深體會出養育之恩重如泰山！父親的高尚品格值得我永遠學習，他的教導會指導我一生。

父親走了，他生前把微薄的工資收入捐助給不少清真寺或回族貧困學生，幾乎沒有留下什麼財產，但是他為他摯愛的民族留下了一筆寶貴的文化遺產，他塑造的回族英雄馬阿里永留世間。他把全部情感和心智獻給了回族史詩，他實現了他一生最大的夢想，所以他是帶著微笑走的。我相信隨著中華文化的偉大復興，隨著中國社會文明程度越來越高、社會包容性越來越大，父親的回族英雄史詩《穆斯林的彩虹》會被更多的人喜愛。我期望有朝一日這部史詩能夠被改編成戲劇、歌舞、音樂和影視作品，使父親作品裡蘊涵的崇高理想和信念能夠以更符合現代審美的多種形式向大眾傳播。

# 穆斯林的彩虹 | CONTENT

# 穆斯林的彩虹

長篇敘事詩

# 序詩　阿里坡

阿里坡呵阿里坡，
一位年輕的英雄長眠在坡下，
他的鮮血染紅了這山坡，
他的鮮血把這塊大地哺育。

無數的桂花樹飄著花香，
無數的青松守衛著山坡，
孔雀在這裡開屏，
黃鸝在這兒唱歌。

農民打不盡這裡的柴，
牧人放不完這裡的牧。
可是啊，烏鴉、鷂鳥不敢在這兒築窩，
惡人不敢在這兒歇腳。

阿里坡啊，
冬天還滿坡開著鮮花，
冬天的樹木還發著芽，
一片片彩雲繞在坡腳下。

小夥子吃了坡上的果子，
有千斤的力量，

姑娘吃了坡上的果子，
長得更加漂亮。

祖母吃了坡上的果子，
所以她的故事才這麼多，
這麼好，
這麼長。

繁星更多了，
銀河更亮了，
大地更寂靜了，
祖母的故事從這兒開始了。


# 1 米目平原

這是一塊綠色的平原，
像塊翡翠嵌在中國的西南。
也許是真主的偏愛，
用綠色把它洗染。

綠色的樹林，
綠色的芭蕉，

綠色的竹叢，
綠色的稻田。

綠色的米目河，
綠色的池沼。
長滿小草的綠色小路，
遠伏綿亙的綠色山巒。

穆斯林少女頭上飄蕩的綠色蓋頭，
禮拜寺圓形的綠色頂端。
這是伊斯蘭和平安寧的色彩，
回民用米目這尊貴的名字把這塊土地呼喚。

回回人來這裡屯墾，
學習漢民栽桑植麻，
學漢民犁地耘田，
把這裡當成了自己的家園。

馬阿布杜是西亞人的後裔，
他輾轉遷居到米目平原。
阿布杜是一位老實的農民，
不斷的戰亂使他陷入貧寒。

他曾被征到邊地戍守，
沉重的勞役將他摧殘。
而今他已年老體衰，
與老伴相依廝守著田園。

他們是虔誠的穆斯林，
嚴格信守伊斯蘭的信念。
他們把阿拉伯椰棗種在院裡，
常常面向西方把祖輩懷念。

## 2 馬阿布杜和他的妻子

納家的河啊，
哈家的灣，
馬老漢就住在河灣邊，
兩間茅屋緊靠著牛欄。

馬阿布杜六十二，
他的老伴五十三，
老漢給東家扛活，
老伴給牧主擀氈。

他們好苦啊，
沒穿過一件好衣服，
他們好苦啊，
沒吃過一頓飽飯。

他們盼望有一個兒子，
不然老了誰供養他們？
他們盼望有一個兒子，
不然將來誰安埋他們？

人家都笑馬老漢是個瘋子，
人家都笑馬大娘是一個癲子，
說他們這麼大的年紀了，
還想生什麼兒子。

有一個夜晚，
沒有星星，
沒有月亮，
大地忽然閃著紅光。

五十萬隻火把沒有這麼紅啊，
五十萬隻牛油燭沒有這麼亮，
只聽得一聲轟隆巨響，
把大地震得搖盪。

壞人的磚房震塌了，
惡人的瓦房震倒了，
善良人的草房震端正了，
所有的枯井震出水了。

馬大娘肚子一陣疼痛，
突然一個胖娃娃生在地當中。
滿屋子都飄著異香，
滿屋子啊映得通紅。

# 3 薩里赫・馬阿里

娃娃生下來沒有奶吃，
娃娃生下來沒有粥喝，
娘含著眼淚餵乖乖苦井水，
苦井水怎能把乖乖養活？

娃娃喝了苦井水長得飛快，
五個月就會走路，
六個月就會叫爹媽，
十二歲就長得跟小夥子一般大。

媽媽說乖乖是從阿拉胡跟前來的，
阿達說乖乖是從胡達身邊來的，
娃娃說我是真主慈憫給你們的，
我是阿達阿媽的心靈呼喚出來的。

阿達給娃兒取名叫「馬阿里」，
臘月間，馬老漢院裡的桂花樹又開了，
臘月間，馬老漢院裡的枇杷樹便金燦燦了，
阿達阿媽高興得嘴都合不攏了。

## 4 好阿里

阿里用一個時辰，
就給爹媽蓋了三間新房，
阿里用一個時辰，
就打好一眼甜水井。

房子蓋得又寬又亮，
井裡的水又甜又香。
爹媽誇阿里是一個好兒子，
鄉親們誇阿里是個好小子。

窮人的房子倒了，
阿里去幫他們修好，
農民的田乾枯了，
阿里去幫忙把井打好。

阿里修的房子，
沒有蒼蠅和蚊子，
阿里打的井水澆過的田地，
不長雜草和稗子。


## 5 馬阿里見義勇為

初一十五趕街，
人們從四方走來，
有的趕來牛羊，
有的挑來野味和禾柴。

一個漢子從山裡來，
擔來了瓜瓢和草鞋，
選好一塊空地，
把貨物擺開。

趕牛的人想買一雙草鞋，
看了一看就放下了，
婦女們想買一把瓜瓢，
還未到跟前又折回去了。

太陽當頂了，
還未賣掉一把瓢，
太陽偏西了，
還未賣掉一雙草鞋。

突然哈大鼻的狗腿們趕來，
收了山裡人的瓜瓢，
搶了山裡人的草鞋，
就要趕著馱子走開。

山裡人說：「請給我的錢！」
狗腿子們都翻著白眼，
「哼！你還膽敢要錢，
有你一頓棍棒和皮鞭」。

「我是山裡人，
靠賣瓜瓢和草鞋養活家口，
光天化日之下啊，
你們怎敢把我的貨物搶走？」

「真瞎了你的眼，
你不打聽這是誰家的地盤，
你犯了規矩，
還敢狡辯！」

眾狗腿一聲吶喊，
把山裡人一下按翻。
忽然人群一閃，
馬阿里站在管家面前。

管家大吃一驚，
馬上又狡猾地笑臉相迎：
「阿里哥，有失遠迎，
請快進帳篷裡用些油香和點心。」

阿里一聲怒吼，
惡棍們嚇得發抖。
「你們還不住手，
馬老子要捏碎你們的骨頭！」

管家臉色一變，
「馬阿里，這事情你少管，
這是哈家的田地，
納家的草原。」

「是擋路的山，
我也要劈開，
是攔路的海，
我也要填平。

你們白晝搶劫，
我一定要管，
你們仗勢欺人，
我一定要問！」

阿里一把將管家舉起，
像舉一把稻草，
一下拋出去，
像拋一個灰包。

忽然人喊馬叫，
趕街人四散奔逃，
哈大鼻的總管趕到，
幾十名打手虎叫狼嗥。

「我頭上紗帽亮閃閃，
你不見我總管的威嚴？
我主人有無上權力，
誰敢把我哈府的事來管。」

「你戴王冠，我也不怕，
你穿龍袍，我也要管！
大路不平，眾人來鏟，
你欺壓良民，我就要管！」

總管一聲冷笑，
擁出惡徒幾十條，
活像一群惡狗，
想把英雄吞掉。

豺狼只敢在馴羊面前逞威風，
鷂子只能在鴿群裡逞兇，
馬阿里是真正的英雄，
泥鰍怎敢碰蛟龍。

上去十個斷了腿，
上去二十個又折了臂，
阿里揮手彈腿，
打得惡徒們狗跳雞飛。

總管見事不妙，
轉身就想溜逃，
阿里早站在他的面前，
一掌就把這個肉團打倒。

總管爬在地上，
求阿里恕饒：
「這次觸犯虎威，
以後再不敢了。」

「要我把你恕饒，
第一要給山裡人賠罪，
第二要給山裡人治傷，
第三不准再橫行霸道！」

「件件應允，
只要饒我性命，
以後再不敢為非，
不敢再欺壓百姓。」

眾狗腿把總管扶上馬鞍，
他全身還不住打顫。
狗腿們不敢再逞威，
抱著腦袋逃竄。

眾鄉親擁到阿里跟前，
都誇阿里是見義勇為的好漢，
雄鷹在雲端盤旋，
馬阿里啊捍衛著米目家原。

# 6 惡人的詛咒

馬阿里一天天成長，
白皙的臉，高高的鼻樑，
炯炯的眼睛射出光芒，
他神采英俊，性格豪放。

他「孝敬父母，和睦親戚」，
他「憐恤孤兒，賑濟貧民」，
他不避艱險，不畏強梁，
他見義勇為，懲惡安良。

善良的回回鄉親信賴他，
善良的漢人鄉親尊敬他，
惡人卻恨他、詛咒他，
以不劣廝卻怕他，要害他。

納三謊向色退尼起誓，
「唉倆，我的知己，
求你幫助我，
我要害死這個小子！」

哈大鼻向伊不劣斯詛咒：
「啊哈，我的朵斯第，

求你幫助我，
我要除掉這個娃！」

納三謊逢人便說：
「馬阿里是妖魔，
他要攪得我們不安寧，
我要請阿訇去收他。」

哈大鼻逢人便說：
「馬阿里是個精怪，
我們這裡快要遭殃，
我要請海裡發去捉他」。

阿訇念完一百一十四章《鎖萊》，
馬阿里沒有害怕。
海裡發念了一百遍《赫廳》，
馬阿里沒有躲開。

阿訇說馬阿里是個好穆民，
海裡發說馬阿里是好朵斯第。
阿訇說祈求阿拉胡把恩典回賜他，
海裡發說祈求胡達把平安回賜他。

阿訇和海裡發走了，
想陷害阿里的惡人滾開了，
鄉親們向馬老漢家走來了，
大家都向兩位老人家祝福。

# 7 傳頌

農民談起馬阿里，
像久旱得到甘露，
牧民談起馬阿里，
像找到了豐盛的水草。

媽媽在搖籃邊唱起馬阿里，
嬰兒就會格格地笑起來；
孩子們唱起馬阿里，
就會手舞足蹈地跳起來。

七裡香遍野開了，
桂花樹家家香了，
馬阿里這英雄的名字啊，
在米目平原傳開來了。

# 8 馬阿里有心中人了

桃花紅了，
李花白了，
柳絲綠了，
小草青青了。

馬阿里更青春煥發了，
他的軒昂氣宇把大家折服了，
他的高超武藝讓人們歎絕了，
他的高尚品德被傳開了。

好多阿達喜歡他，
好多阿媽看中他，
好多閨秀傾慕他，
好多少年願意結交他。

不少長者到馬老漢家去探信，
都失望地回去了。
不少媒人到馬老漢家去說親，
都被老漢婉言謝絕了。

阿媽說兒子已經有了如意的姑娘，
阿達說兒子已有心上的人。

院裡的桂花樹天天飄著花香，
院裡的枇杷樹金燦燦的黃。

話眉鳥婉轉的歌唱，
唱一支甜美馨香的愛歌。
百靈鳥婉轉的歌唱，
把美的祕密向百鳥傳揚。

馬阿里愛上了者麥麗，
者麥麗看中了馬阿里。
愛的祕密在他倆心中滋長，
在他倆心海裡悄悄蕩漾。


# 9 去年的古爾邦節

那是去年歡樂的古爾邦節日，
那是忠孝和武勇的節日。
四鄉的穆斯林在一起聚禮，
然後開展各種比賽和遊戲。

「臥爾茲」聽過了，
爾第禮拜做過了，
穆斯林們朝曠野湧來了，
精彩的比賽開始了。

賽場上彩旗飄揚起來了，
牛角號「快溜溜」吹起來了，
牛皮鼓「得勝令」敲起來了，
賽馬的少年揚鞭趕來了。

一聲炮響騎手們一字兒擺開了，
二聲炮響騎手們將馬轡頭勒緊了，
三聲炮響馬奔跑開了，
鄉親們吶喊的浪潮也滾動起來了。

白袍少年騎著白馬奔騰在前，
那馬兒快得像飛箭。
他超過了所有的馬，
將眾騎手遠遠拋在後面。

不是神騎手怎麼會騎得這般自在？
不是神騎手怎麼會跑得像飛樣快？
鄉親們看呆了，
喊叫聲向四野漫開了。

彩繡球在馬頭上繫起來，
紅綢子在馬阿里的身上披起來。
少年們擁著他繞著場子轉起來，
歡呼聲從地下升起又從天上落下來。

賽過了騎術又賽射箭，
高杆上懸掛著一隻草紮的大雁。
一騎紅鬃馬在高杆下盤旋，
這騎手一箭將大雁腹部射穿。

一騎烏騅馬馳向杆前，
少年仰身射中大雁的尾端。
一個賽手勝過一個賽手，
賽場上響起一陣陣吶喊。

白袍少年突然出現，
他跨下的白馬像流星閃電。
他馳過那根高杆，
突然翻身貼在馬腹下邊。

正當駿馬一雙後腿騰空起，
瞬間馬腹下面飛出一支響箭。
飛箭穿透了大雁的雙眼，
頓時歡呼聲震動了美麗的平原。

不是神騎手怎會有這般精湛的騎術？
不是神射手怎會將小小的雙眼射穿？
牛皮鼓咚咚擂起了「慶功令」，
牛角號嗚嗚吹起了「凱歌還」。

者麥麗看得發呆，
她的心兒快要蹦出來。
她的臉上陣陣發燒，
埋怨自己這樣瞧太不應該。

哪家的少年郎啊這般英俊？
哪家的後生啊武藝這般精？
者麥麗臉上陣陣發燙，
她的心裡掀起一個神祕的希望。

者麥麗啊者麥麗，
多少騎手都未吸引住你，
多少箭手都未打動過你，
為什麼這位白袍少年擾亂了你？

白天思啊晚上想，
不知俊少年住哪座村莊？
天上飛的雁很多很多，
只有這隻雁翅膀最長。

那馬蹄聲在夢中響，
像快板的鼓點兒敲在姑娘的胸膛。
遍地的花啊漫野的香，
姑娘與少年並鞍在草原上飛翔。

夢中醒來鳥兒已在枝頭唱，
甜蜜的笑靨還掛在臉上。
阿達已經拉起了風箱，
火苗苗把姑娘的臉映得彩霞一樣。


## 10 愛的祕密

米目平原南邊有個回回營，
者老漢是鎮上打鐵的匠人。
他有一個女兒叫者麥麗，
長得美麗又聰明。

她像玫瑰花那樣美麗，
她像雪蓮那樣冰潔嫻靜。
她的劍舞連白鶴也會驚歎，
她的詩文連薩地也會傾心。

上門說親的不知有多少家，
者麥麗沒有看上一位。
唯獨去年古爾邦節那位俊少年，
卻成了她日思暮想的戀人。

多少天了，者麥麗很少說話，
多少日子了，者麥麗沒外出走親。
她一遍遍朗讀薩地多情的詩篇，
她一次一次心兒貼著那張靶心。

者麥麗的臉龐緋紅緋紅，
者麥麗的眼睛清亮清亮，
在她美麗的心窩裡啊，
好像有一個祕密躲藏。

不管她的祕密埋藏得多深，
怎瞞得過老阿達的眼睛。
「女兒啊女兒，你有什麼心事？
快講給阿達我聽聽。」

阿達當爹又當媽，
姑娘怎能不將心事告訴他。
「節日裡看見一位白袍郎，
不知哪家是他的門和窗？」

「哈哈，女兒問他的門和窗，
敢是看中了那少年郎？
他的名字叫馬阿里，
薩里赫的後裔移居來到平原上。」

他母親生他時阿什瑪尼閃紅光，
他母親生他時滿屋子飄異香。
他今年二十歲，
少年中數他強。

聽說替他說親的不少，
聽說向他家探信的很多，
只是這爾娃太傲氣，
許多名門閨秀他都看不上。

我在南山同他一起打過獵，
我在拳會上跟他會過手，
他是一個好小夥子，
阿達我倒將他掛在心房。」

者麥麗羞澀了，
者麥麗臉更紅了。
者麥麗的愛更深了，
老阿達哈哈地笑起來了。

# 11 獵場

曠古的原野沸騰起來了，
莽莽的草原喧嚷起來了。
一群穆斯林少年跨上馬兒了，
在廣闊的獵場飛起來了。

騎手們在草原飛奔，
馬蹄聲把大地震動了，
旋風般的馬群把原野驚呆了，
山丘、樹林嚇得朝兩旁閃開了。

狐、兔驚恐地奔跑了，
獐子、野羊逃竄了。
麋鹿鑽進叢林了，
豺狼狡猾地躲藏起來了。

馬阿里騎著雪白的駿馬，
右臂站立著威武的鷲鷹，
左臂挽著黃錚錚的強弓，
滿盒箭羽插在腰間掛盒中。

獵鷹一隻一隻騰空了，
它們在高高雲天盤旋了。

狡猾的狐狸怎躲得過它們的眼睛，
兔跑得再快怎比得上鷲鷹的飛行。

一隻小鹿在驚逃中與母鹿失散，
它正被一位獵人追趕？
獵人箭羽已搭上弦，
小鹿還惶惶將母親呼喚。

嬌小的生命啊還在彷徨，
它不知母親現在何方。
殘忍的獵人啊箭已搭在弦上，
小鹿還不知厄運就要臨降。

弓弦一聲悶響，
這音響讓生靈之神感傷。
奪命的箭羽已經飛出，
箭鏃將要穿透小鹿的胸膛。

眼見悲劇就要發生，
眼見鮮血就要流淌。
就在這瞬息之間啊，
突然箭羽被一道劍光截落地上。

少年獵手興高采烈趕來了，
他要獲取獵物了。
但見箭羽委棄在地上，
小鹿依偎在一位姑娘的身旁。

姑娘戴著翠綠的蓋頭，
蓋頭下眼睛是那樣清亮。
不是仙女怎麼會突然出現？
不是俠女武藝哪會這麼高強？

少年獵手一陣躊躇，
少年獵手一陣驚慌。
他勒定了馬的彎頭，
將姑娘仔細打量。

「姑娘，這是真主賜與我的獵物，
你為何要把我阻擋？
天上的飛禽，地上的走獸，
都是真主賜予人類的給養。」

「真主要我們愛護弱者，
真主不喜悅殘忍和豪強。
小鹿還這麼嬌弱，
你怎忍心將它殺傷？」

「打獵鍛鍊我們回回人的勇敢，
何必介意禽獸的死亡！」
「勇者應該去與猛獸搏鬥，
弱者才將箭羽對準羔羊！

真主已經擴展食祿了，
為什麼為了瞬間的快感，
讓小小生靈用死亡來承當？
難道你忘卻回回人應該遵守的信仰？」

姑娘用純正的阿拉伯語音，
朗誦了古蘭經上有關仁愛的篇章。
馬阿里策馬趕來見到這般情景，
他暗暗把這位姑娘讚揚。

這位姑娘便是者麥麗，
她和幾位姊妹前來射殺豺狼，
這是真主安排的巧遇嗎？
她突然見到白衣少年郎。

兩雙目光碰在一起，
突然兩朵火花閃亮。
這是愛情的火花呀，
愛火把兩人的心燒得滾燙。

馬阿里的心像一塊吸鐵石，
者麥麗的心像純鐵一樣。
兩顆心緊緊地吸在一起，
阿拉安排的凡爾瑪尼多麼吉祥。

者麥麗突然撥馬飛馳而去，
幾位綠蓋頭也縱馬跟隨。
可是，者麥麗的一顆愛心，
默默地拋給了馬阿里。

馬阿里打完獵緩轡歸來，
雖然沒有豐盛的獵物，
卻得到一顆純潔美麗的心，
他感到無比甜蜜和幸運。

從此，他倆更加愛慕，
從此。他倆更加鍾情，
對於別的少男少女啊，
他倆都關上了愛的門。

## 12 乃麥丹的新月

乃麥丹的新月是神祕的，
它在西方顯現，
距離克爾白那麼近，
普世爾蘭的穆斯林都在觀看。

馬阿里在尋找這一彎聖潔的月，
者麥麗在尋找這一彎聖潔的月。
他倆要在這聖潔貴重的月份裡，
締結下終身的良緣。

穆斯林們都在這個黃昏尋找這彎月，
西方天上幾片浮雲淡淡，
落日的餘輝還照著雲端，
晚霞的天空、原野都在迅速變換。

夜，正向這一角合圍，
星星已經稀疏可見。
一些白頭巾在暮色中晃動，
馬阿里正凝視著西方天邊。

馬阿里全身震動一下，
啊，他是多幸運，

他看見一彎微弱的亮光，
在一片雲尾露面。

他興奮地一聲呼喊：
「我看見新月了！」
大家順著他的指向，
也都興奮地呼喊。

新月是那麼纖細，
新月是那麼柔和，
新月是那麼晶瑩，
新月使穆斯林的心金光燦爛。

白色的頭巾，
白色圓頂帽，
在暮色中晃動，
穆斯林們在互道色蘭。

一群少年將馬阿里抬起，
因為他是第一個報月的人，
擁著他走上街道和鄉村，
今年他是米目平原最有福份的後生。

清真寺門上的「杜阿」燈亮起來了，
邦克樓上悠揚的「報月」聲飄蕩起來了，
回回小鎮的夜市熱鬧起來了，
家家戶戶的回回香點燃起來了。

夜幕已在原野降落，
彎彎新月已悄悄隱沒，
但是，它留給穆斯林們，
一個和平、純潔、莊嚴的齋月。


# 13 凡爾瑪尼

帶著乃麥丹月的純正，
帶著爾第節的吉慶，
帶著老阿布杜的重托，
馬璽阿訇來到回回營。

逕直走進者老漢的家，
老漢真誠地將阿訇歡迎，
獻上香噴噴的桂圓茶，
招待節日裡第一位上門的貴賓。

「朵斯第啊朵斯第，
你的善良得到真主的慈憫，
節日裡我趕來你的府上，
為的是給你報告一個喜慶。」

「難怪喜鵲一早就在樹上叫過三遍，
難怪蘭花、薔薇昨晚就開滿園，
難怪炸八大樣時都必必卜卜地在笑，
就預知今天有貴客來到我的庭院。

虔誠祈禱真主把平安降在您身上，
把安寧、吉慶慈憫給全體穆斯林身上。
不知阿訇老人家有什麼教導？
我將用您潔淨的語言清洗我的心靈。」

「寬厚的朵斯第，我尊敬的教親，
我受重托於阿布杜這位仁慈的老人，
要我來為他英俊的兒子探個口信，
不知這凡爾瑪尼真主是否恩准？」

「感贊至仁至慈的主宰，
你為我帶來了叫人高興的音信，
馬阿里是百裡挑一的好尕娃，
但是婚姻事必須兒女親口應承。」

「感謝你的通情與豁達，
我願意聽到你女兒美好的回答。
但願你捧出的是甜奶子，
不是一碗放了鹽的鹹茶。」

樹上的烏鴉聒噪起來了，
陰溝邊的蛤蟆叫起來了，
糟上的驢濫聲地吼起來了，
哈大鼻的「紅爺」也上門來了。

「紅爺」見到馬璽阿訇感到不安，
沒想到這位阿訇趕在他的前面。
他連起碼的禮貌都不講，
顯得十分粗野和傲慢。

「阿哈，者鐵匠，
你呀時來運轉，
哈大人要我來放話，
他說你女兒跟他有姻緣。

你看看，這黃燦燦的金鐲子，
這綠閃閃的和田玉圈子，
還有亮晶晶的十四錠銀子，
都是放話送的一點小底子。

你攀上了這門親就富貴了，
你那煉鐵的爐子就可推倒了，
你那打鐵的錘子就可扔掉了，
此後誰也不敢把你小瞧了。」

「阿倆，你快把這些東西收起，
我的桌子是用聖水洗過的，
我的櫃子是放古蘭經的，
是任何俗物粘染不得的。

兒女婚姻《古蘭經》上明白規定，
不能由我做父親的獨斷獨行，
女兒不放蜜我端不出甜奶子，
何況一個女兒不能分給兩家人。」

者老漢從女兒的閨房走出來，
他恭敬地將右手放在胸懷：
「我向尊敬的阿訇致謝，
女兒說您用金鑰匙將姻緣之門打開。」

者老漢轉向哈府的「紅爺」致歉：
「尊貴的紅爺啊，我向您表示遺憾，
我的女兒已將愛交給了年輕的馬阿里，
我只能將她親調的蜜奶子送到阿訇前。」

者老漢收下了馬阿里的十四枚銅幣，
還有去年古爾邦節射穿鷹眼的羽箭。
兩位老人熱烈地擁抱和緊緊納手，
阿訇用阿拉伯語言誦頌了吉祥詩篇。

哈府的「紅爺」自知沒趣，
氣沖沖地不告別便衝出去。
只聽一陣馬的嘶叫，
是「紅爺」在狠狠抽打他的馬匹。


# 14 訂親

馬阿里家的枇杷金燦燦了，
馬阿里家的桔子鮮紅鮮紅了，
桂花滿院子香了，
七裡香遍院開了。

家門前一壇玫瑰開了，
家門前一塘荷花含苞了，
家門前一灣溪水更清澈了，
田野、竹叢、樹林、遠山都更綠了。

阿里白色的頭巾上插著一朵鮮紅玫瑰，
阿里身上穿著一件繡花的圓領禮袍。
阿里比以往更加英俊瀟灑，
阿里比以往更加容光煥發。

馬璽阿訇去回回營「過話」回來了，
他把吉祥幸福的經文貼上門楣了。
者老漢家也托請兩位長者來「放話」了
他們把繡有經文的禮拜帽和腰刀帶來了。

幾位阿訇在廳上唱起讚聖的詩篇，
回回少年們在院裡歡快地又舞又轉。
鄉親們都向阿里祝福，向他們雙親道喜，
讚美者麥麗與阿里訂下了美好良緣。


## 15 哈大鼻的咆哮

他是哈桑·阿齊茲的後代，
他們家族有過高貴的官階。
雖然現在門庭已大大衰落，
在平原上他們家族還是氣派。

他已經有三房妻子，
他還擁有許多使女和奴婢。
去年他偶然看見了者麥麗，
便一心要娶她為第四房太太。

不想冤家又狹路相逢，
馬阿里竟敢奪他所愛。
回憶前年他的總管受辱，
這筆帳他仍然耿耿在懷。

他的牙齒咬得格格響，
他的拳頭攥得鐵錘一樣。
「你老阿布杜是個戍邊小卒，
竟敢與我顯赫之家對抗？

凡是我看上的女子就要得到，
凡是跟我作對的人就要除掉。
馬阿里你好大的膽子啊，
讓你嘗嘗我哈某的厲害。」

哈大鼻氣急敗壞了。
將翠綠的玉鐲摔碎了，
將珍貴的朱砂瓶砸爛了，
將花園裡含苞的玫瑰踐踏了。

將侍候他的丫環踢走了，
將隨身的僕人趕開了。
將扶他上馬的馬僮鞭撻了，
將路上的幾個行人撞倒了。

他的眼珠子快爆出來了，
他紅脹的脖子快趕上腦袋大了。
他狠狠地抽著馬，
咆哮著在荒野狂奔起來。

天快黑下來了，
蝙蝠飛出來了。
哈大鼻狠抽著馬，
朝一座陰森森的黑房子奔來了。

那是納三謊的房子，
他們是表兄弟又是知己。
納三謊是有名的「爛腸子」，
哈大鼻求他為除掉馬阿里出點子。

兩人在黑房裡陰謀策劃，
哈大鼻不時罵著粗話。
忽然兩人哈哈狂笑，
活像餓狼發出的嗥叫。

# 16 哈大鼻請來了厲害的拳師

哈大鼻到甘肅去了，
納三謊到雲南去了。
哈大鼻帶回了哈山，
納三謊帶回了阿丹。

哈山身高八尺，
阿丹身高九尺三。
哈山會鐵砂掌，
阿丹會羅漢拳。

哈山一掌砍下去，
石頭便削掉一半。
阿丹一頭撞過去，
鐵柱也會變彎。

哈大鼻讓哈山顯武藝，
大熊搊哈山幾掌，
哈山笑了一笑，
只回一巴掌大熊便翻白眼。

納三謊讓阿丹顯顯本領，
大騾子踢他好幾腳，

阿丹身上連一塊紅印也沒有，
阿丹只一拳大騾子便不能動彈。

哈大鼻為啥聘請拳師？
納三謊為啥請來高手？
鄉親們心裡明白，
他們為馬阿里暗中捏把汗。

# 17 為什麼鳥兒朝這裡飛

納家的河啊，
哈家的灣，
馬阿里住在回回寨的坡下邊，
七裡香，桂花樹圍著小院院。

納家河的水是辣的，
哈家灣的水是腥的，
馬阿里坡下邊小溪裡的水透亮透亮的，
水從那兒流過變成香甜香甜的。

納家的桔子酸漬漬的，
哈家的柚子苦澀澀的，

阿里家的桔子像蜜糖，
阿里家的柚子像荔枝。

為什麼美麗的鳥兒朝這裡飛？
為什麼會歌的鳥兒愛在這兒唱？
為什麼鄉親們都喜歡到這兒作客？
因為這裡有一位聰明、勇敢、俠義的小夥。

馬阿里的披肩把彩霞染得更美了，
馬阿里的頭巾把雲朵映得更白了，
馬阿里把天上的山鷹嚇飛了，
馬阿里的威武使雄獅也逃退了。

白天有畫眉唱，
夜晚有夜鶯的歌。
安靜幽美的環境裡，
阿里和爹娘過著幸福的生活。

兩位老人盼兒媳早點過門，
馬阿里盼望跟者麥麗早點成親。
他們讚美真主，感謝真主，
賜予了這樣幸福美滿的家庭。

# 18 哈山和阿丹

哈山來了，
青蛙咚咚跳進了荷塘。
阿丹來了，
知了一隻一隻飛去樹上。

哈山走在石橋上，
石橋直晃悠。
阿丹走上河堤，
河堤的石塊往下掉。

哈山一把抓住放牛娃，
「快說，馬阿里在哪裡？」
「諾，正在河邊，
馬阿里在堤下洗石滾。」

馬阿里把石滾扛上堤來，
石滾足足有一千斤。
哈山問清楚了，
他是馬阿里同名的堂兄弟。

阿丹攔住打柴的孩子，
「告訴我們，馬阿里在哪裡？」

「呵嗨，正在那邊拔樹！」
馬阿里已把樹連根帶泥拔起，

他把桂樹移到了另一個地方，
像阿里巴巴那樣有力量。
阿丹問清楚了，
他是與馬阿里同名的鄰居。

哈山與阿丹相互看了一眼，
他們恭恭敬敬問一位老人，
「老人家，馬師傅在哪裡？」
「啊，正在荷塘裡調皮哩！」

一個十來歲的小孩。
腰間纏著紅色的綢帶，
正在荷葉上跳去跳來，
水面上的荷葉連擺也不擺。

馬阿里跳到岸上，
心裡很不高興，
翹著小小的嘴巴，
手裡捏著大把蜻蜓。

哈山和阿丹，
雙手捫胸笑盈盈，
「阿里師傅身子好輕，
我們開了眼睛。」

小阿里把兩位拳師打量一翻，
「啊，二位便是哈山和阿丹？
我叔叔正等著你們呢，
就在前面坡下的茅屋小院。」

「不敢，不敢，
還望小師傅多多包涵。」
兩位拳師恭敬地躬躬身腰，
便一個朝北一個朝南走散。


## 19 好威風的拳師

壩子裡好熱鬧啊，
牛角號嗚嗚地吹。
壩子裡好歡騰啊，
梆子到處在敲。

是開齋節？
清真寺門前沒有掛出「杜阿」燈籠。
是過古爾邦節？
家家又沒宰牲。

壩子裡站滿了人，
壩子中央搭起臺子，
擺擂的拳師是山東來的大漢子，
他雙手叉腰正罵阿里的娘老子。

這人能伸手逮住低飛的燕子，
伸指能將犁頭鑽個孔子，
掃腿能讓老榕樹打擺子，
一口氣吹出去能吹得石獅子歪身子。

抱石滾的馬阿里上臺去，
交上幾手就被摔下來。
拔樹的馬阿里上去，
沒幾個回合也敗下陣來。

小馬阿里輕身飛上擂臺，
學大人打一拱便把架式拉開。
那大漢說他是一個乳臭未乾的毛孩，
要他趕快滾下擂臺。

小阿里上去就打，
惹得山東大漢性發，
使出老鷹抓雞，
使出惡狼撲馬。

小阿里忽而騰空，
小阿里忽而竄下。
忽而拳似急雨，
忽而腿似箭發。

山東大漢索性不與小阿里糾纏，
挺著肚皮讓小阿里去打，
就像肚皮上落陣雨點，
就像挨著香條竹簽。

小阿里氣哭了，
小阿里快氣瘋了，
小阿里沒奈何了，
只好抹著眼淚跳下擂臺了。

牛角號嗚嗚地吹起來了，
木梆子到處敲起來了，
哈大鼻派人抬著全羊來了，
納三謊派人抬著緞子來了。

好威風的拳師啊，
頭上的金花插起來了，
好得意的山東大漢啊，
紅綢帶子在腰上纏起來了。

# 20 深夜比武

山東拳師洪震剛，
他的威名早遠揚，
只是山外還有山，
強中還有強。

夜裡筵席擺過了，
夜裡燈影戲看過了，
大堆恭維的話聽過了，
他打著飽嗝要睡覺了。

突然房門輕輕響了，
房門自己打開了，
一位白皙的俊青年走進來了，
像是一位斐裡亞尼飄然降臨。

「呀！你是哪家的後生？」
「我是你白天要找尋的人！」
「你想晚上來暗算我？」
「不，你還沒有熄燈！」

「要比武明天擂臺上見，
我要當眾把你教訓。」
「在洪老師面前不敢提比武，
只是前來表示尊敬尊敬。」

「這幾句話還算中聽，
你是害怕白天在鄉親面前出醜，
哈哈，哈哈，你這後生還懂禮性，
武藝人是要愛惜名聲。」

「來來來，我點撥點撥你，
以後切莫跟哈、納兩家去作對。
我立個門戶，
你來近身。」

「洪老師是高手，
我怎敢進攻？
還是我立門戶，
好練招架功。」

「好，你這後生不狂妄，
我的拳腿一定留幾分情。」
山東大漢使出黑虎偷心，
接著又是泰山蓋頂。

拳打下去，
阿里躲閃開了。
腿掃出去，
阿里邁過去了。

山東拳師著急了，
使出劈雷掌。
山東拳師生氣了，
使出掃山腿。

劈雷掌被雷神封住，
掃山腿被泰山擋住。
馬阿里兩隻擎天柱，
把洪老師的鐵臂架住。

「洪老師，
謝謝你的點撥。
弟子領教了，
弟子記住了。」

「你還未回過拳，
你還未還過腿，
我的招數還未使出，
我的路法還未展開！」

洪老師使出一個個招數，
又是惡狼掏心又是神鷹擊翅，
有時像閃電、疾雷，
有時像快刀、利劍。

曾有好多好手被他打倒，
曾有好多拳師被他擊斃。
馬阿里不慌不忙解開招數，
像旋風忽起大漢招架不及。

阿里忽地把大漢攔腰托起，
然後又輕輕朝地上放下去。
笑著說：「師傅恕我失禮，」
拳師雙眼驚惶一臉土色。

第二天洪拳師向哈大鼻講了真話，
說他只能在馬阿里跟前招架。
「爛腸子」納三謊又心生一計，
三人得意的狂笑像豺狼在嗥叫。

# 21 暗箭難防

八月間，
農家特別辛苦，
八月間，
農家也特別高興。

阿里家的籬笆開了，
阿媽養的鵝叫了，
洪老師提著點心來了，
他一進門就謙恭地笑了。

他是來請罪的，
他是來辭行的。
他溫馴得像一隻綿羊，
他的話甜得像蜜糖。

「阿里師傅，
你武藝超群，
道德高尚，
我的不是望老師海量。」

大漢躬身作輯，
馬阿里趕忙俯身去扶起，

猛然間一雙鐵爪扼住阿里的脖子，
死死地頂在山牆上。

山東大漢這雙手，
能把斑竹捏得粉碎。
山東大漢這雙手，
能把鐵塊捏成沙子。

這冷不防的襲擊，
使阿里無法還擊。
好狠毒的洪震剛啊，
憑他的鐵掌要將馬阿里窒息。

馬阿里好容易擠出一句話：
「加……加勁……」
山東大漢果然換勁，
剎那間馬阿里的雞心腿踢中他的胸膛。

山東大漢爬不起來了，
馬阿里的喉嚨也受傷了，
哈大鼻和納三謊躲起來了，
鄉親們都湧到馬阿里家來了。

馬阿里待他這麼誠懇，
山東大漢卻這麼乖張。
這真是明槍易躲，
這真是暗箭難防。

納三謊是隻豺，
哈大鼻是隻狼。
他們無時無刻不在算計，
兩個歹人一心要把阿里殺傷。


## 22 毒蛇又爬出窩了

太陽落山了，
黑夜降臨了。
大地靜下來了，
勤勞的人們入睡了。

蝙蝠飛出來了，
貓頭鷹叫起來了。
毒蛇爬出窩了，
哈大鼻離開家了。

哈大鼻的馬摘了鈴子，
棉花包裹著蹄子。
這個惡人伏在馬背上，
奔向納三謊的莊子。

他們宰了一隻羊，
抓來了十四隻活鵝。
捧起他們的黑手，
念著詛咒的「杜阿」。

星星隱沒了，
蠟燭熄滅了。
一陣冷風吹起來了，
兩個歹徒偷偷暗算開了。

「我的表哥啊你是我的靠山，
馬阿里奪了我看中的美人兒。
還當眾打過我的總管，
你快為我除掉這心腹之患！」

「我的兄弟用不著喪氣，
用不著驚慌。
馬阿里的生命啊，
全在我們的手心上。

後天是古爾邦節，
千匹好馬都在賽馬場。
駿馬由馬阿里挑選，
我們給他配上馬鞍。

馬鞍是皮子的，
鞍帶是紙做的，
馬阿里摔在地上，
讓後面的馬群把他踏成肉醬！」

哈大鼻聽罷眉開眼笑，
納三謊也得意的直叫，
他們的聲音啊，
像荒野裡的狼嗥。


# 23 賽馬場上的陰謀

古爾邦節日到了，
彩色的帳篷搭起來了。
紅繡球掛起來了，
米目平原的人歡騰起來了。

一群烏鴉飛起來了，
哈大鼻和納三謊騎馬趕來了。
受尊敬的人大家用笑臉迎他，
被憎惡的人大家把背給他。

賽馬的騎手一字兒擺開，
炮聲馬上就要響了，
阿里還未來呀，
真把鄉親們急壞了。

善良人盼望他來，
因為他是最好的騎手，
惡人們盼望他來，
是因為要對阿里下毒手。

阿里趕來了，
他穿著白色的衣袍黑背心外套。
戴著潔白的圓頂小帽，
看他顯得多英豪。

人群歡呼起來了，
無數的梆子敲打起來了，
牛角號吹起來了，
紅繡球迎風飄蕩起來了。

能打虎豹，
才算真正的獵人，
能降烈馬，
才算真正的騎手。

有一匹最烈性的馬，
二等騎手跨不上它的鞍背。
頭等騎手也催不走它，
阿里卻選中了它。

駿馬配著黃色的皮鞍，
黃色的肚帶金光閃閃。
馬阿里手握彎頭，
一縱身便上了馬鞍。

只聽得炮聲三響，
騎手們揚鞭縱馬。
像春雷滾動，
像萬箭齊發。

別人的馬像疾箭，
阿里的馬像閃電。
別人的馬蹄生風，
阿里的馬像騰在空中。

人群裡一陣驚叫，
阿里突然跌下馬鞍。
馬鞍飛落到地上，
烈馬仍然風馳電掣向前。

好人的不幸，
正是惡人的稱心。
鄉親們見馬背上沒有了阿里就心疼，
兩個惡人見了就高興。

哈大鼻的侄兒好生得意，
拼命鞭打著他的馬匹。
想第一個衝向前去，
把馬阿里踏成肉泥。

人群突然又迸發出歡呼，
原來阿里緊貼著馬肚。
他躍身翻起，
一馬當先奪走彩旗。

紅繡球在阿里身上披起來了，
歡呼聲像潮水一樣漲起來了。
哈大鼻的頭耷拉下來了，
納三謊的賊眼睛閉起來了。

## 24 惡人與以不劣廝

夜晚下著毛毛雨，
納三謊來到哈大鼻的家裡。
他們捧著手念著「喚魔」邪語，
喚來了兇惡的色退尼。

「呵哈，好朋友因何呼喚？
我能降千種災，
降萬種難，
害人的勾當我樣樣能幹！」

「呵，我們的知己，
你知道誰使我們不安？
誰使我們長吁短歎？
你知道誰是我們的堵什蠻？」

「我的兩位好友，
快莫發愁，
馬阿里是你們的眼中釘，
也是我的死對頭！

黑夜正是我們的天下，
你們快到馬阿里的家，

偷走桂花樹下的經磚，
把磚上鎮魔的經文鑿下。

那時，馬阿里就會喪失力量，
那時，窮人家的水井會變成苦湯，
那時，你們再也不會憂愁驚慌，
你們就可以安心把福享！」

哈大鼻和納三謊哈哈大笑，
色退尼也得意地直叫，
他們的聲音啊，
賽過荒野裡的狼嗥！


## 25 盜竊經磚的賊子

兩個惡人出來了，
星星也不亮了，
紡織娘也不唱歌了，
青蛙也不奏樂了。

雖然夜色茫茫，
幹歹事的惡人卻膽顫心慌，

他們不敢站著走路啊，
在地上爬行多像兩條惡狼！

趁著馬阿里一家熟睡，
他們爬進了院子，
是兩條惡狼，
是兩個賊子。

他們在桂花樹下
用黑爪挖啊挖啊，
挖出一塊黃色的經磚，
他們用一張狼皮，把這塊經磚包上。

他們想鋸斷枇杷樹，
枇杷樹硬得像鐵條，
他們想砍斷桂花樹，
桂花樹硬得像鋼柱。

雞叫二遍了，
兩個惡人著急了，
雞叫三遍了，
兩個賊子慌亂了。

馬老漢房裡有動靜了，
老阿媽起來生火了，
兩個歹徒膽戰心驚了，
他們抬著鎮魔經磚逃跑了。


## 26 為什麼阿里不醒來

老阿達把牛趕出去了，
老阿媽把菜粥做好了，
為什麼阿里還不起床，
是不是昨天太勞累了。

太陽已經升高了，
阿達割草回來了，
阿媽把飯擺上桌了，
為啥阿里還未醒來？

阿媽疼兒子，
不去喊醒他，
阿達疼兒子，
不去驚動他。

太陽當頂了，
太陽又偏西了，
阿里為啥還不醒啊？
阿里為啥還不起床啊？

阿媽急得直淌眼淚，
「兒子啊，你得了啥病？」
老阿達急得坐立不安，
「兒子啊，你中了啥邪魔？」


## 27 魔窖

黑色的磚，
黑色的瓦，
黑色的大門，
黑色的牆院。

這是納三謊的大院，
裡面正大排筵宴，
在這塊骯髒的地方，
慶祝勝利的凱旋。

他們叫來了者鐵匠，
「呶！把磚上的經文鑿去，
呶！把磚頭上的杜阿鑿去，
把爺們的名字刻上去！」

「大人啊，聽我說呀，
這是一塊最堅硬的寶石頭，
普通的鑿子鑿不動它，
普通的爐火熔不化它。

我家裡有純鋼的鑿子，
我家裡有最旺的爐火，
讓我把經磚拿回家去鑿吧。
讓我把經磚拿回家去刻吧！」

兩個狡猾的傢伙啊，
把經磚交給了鐵匠，
又派出監工一大幫，
要鐵匠三天內把名字刻上。

兩個惡人哈哈大笑，
嚼著肉餅，
撕吃著羊羔，
像兩隻惡狼在嗥叫。

# 28 阿里啊，你為啥還不醒來

者麥麗聽說阿里病了，
她從回回營趕來了，
呼喚不醒心愛的人，
她哭得昏厥過去了。

鄉親們聽說阿里病了，
從遠遠近近趕來了，
屋裡站滿了，
院裡也容不下了。

阿里還是不答應，
阿里還是昏迷不醒，
者麥麗急壞了，
鄉親們更難受了。

桂花樹的葉子掉了，
枇杷樹的葉子落了，
院裡的花不開了，
樹上的鳥不歌唱了。

天黑下來了，
狂風吹起來了。

阿里啊，阿里啊，
你為啥酣睡不醒？

一陣叮叮噹噹的馬鈴聲，
是哈大鼻來了，
一陣的的達達的馬蹄聲，
是納三謊來了。

哈大鼻一見馬阿里，
大叫起來：
「啊喲，是妖怪，是妖怪！
趕快把他拖出去燒掉！」

納三謊一見馬阿里，
故意驚呼起來：
「啊哈，是邪魔，是邪魔！
趕快拖出去埋了！」

阿媽說：
「誰是妖怪？誰是邪魔？
整天盤算害人的兩腳豺狼，
才跟伊不劣廝是同夥！」

老阿達說：
「辨別好人和歹人首先看他們的眼睛，
聽他們的聲音，
你們啊比毒蛇惡狼還狠！」

哈大鼻大聲叫嚷：
「老頭老婆膽敢逞強，
我是這裡的首領，
我的命令誰敢違抗！」

眾鄉親紛紛發言，
都說阿里是英雄，是好漢，
阿里的病一定會好轉，
不許你們胡說亂言。

納三謊假意一笑，
「眾鄉民莫要吵鬧，
這事情關係一方安寧，
誰敢為這事擔保？」

白老爹挺身而出：
「這事情我願擔保！」
納三謊一聲冷笑：
「兩畝地有啥資格擔保？」

老阿達兩手撫胸把禮行，
親切地叫聲眾鄉親：
「祈求惡人的憐憫啊，
是虎狼口裡求生。」

鄉親們齊聲相應：
「阿里的恩典我們得到了，
阿里的災難我們看到了，
我們哪能丟下這位親人？」

眾鄉親齊聲喊道：
「不准許燒掉！
不准許埋掉！
我們大家為阿里擔保！」

哈大鼻一聲冷笑，
「哼！你們擔保？
三天之內降災害，
我便把你們的家抄！」

天更黑了，
風更大了，
阿里啊阿里，
你為什麼還酣睡不醒？

# 29 聰明的者麥麗

者麥麗回到家裡，
日夜掛念著馬阿里。
如果沒有了心愛的人，
自己活著還有什麼意義？

究竟阿里生的什麼病？
為什麼這病這般稀奇。
服過許多名醫的藥，
可是病情沒有一點好起。

今天哈大鼻突然將阿達叫去，
交給他一塊有經文的石頭，
要阿達將磚上的經文鑿去，
讓刻上兩個賊子的名字。

老阿達回家愁容滿面，
老阿達緊鎖著雙眉。
「阿達喲這經磚有何蹊蹺？
您為什麼發出沉重的歎息？」

「我的女兒啊你哪知這經磚的奧妙，
這塊滿刻經文的磚奇異非凡，

它關係到你那年輕的夫婿，
它是阿里智慧、英勇、善良的展現。

這經磚原在阿里家的院裡，
是兩個惡人乘黑夜偷掘出來的，
鑿掉上面的經文就毀掉了正義，
惡人和以不劣廝便會在世間猖獗。

陰險狡詐的哈、納兩個惡人，
還要我在磚上刻上他們的名字。
我怎能讓愛婿受害，
我怎能讓惡人如意。

我為這事苦惱，
我為這事發愁，
祈求萬能真主賜憫，
懲罰這些賊頭！」

聰明的者麥麗思索了一下，
貼著阿達說了幾句悄悄話。
老阿達連連點頭，
頓時眉梢笑開了花。

哈大鼻派監工來到者老爹家裡，
他們緊緊跟隨老漢寸步不離。
他們是一條條的走狗，
把鐵匠父女嚴格監視。

父女倆把爐火生起來了，
鐵錘聲徹夜響起來了，
監工們被吵醒了，
第二天監工們的賊眼熬腫了。

鐵錘響了一天，
監工們罵了一天，
「這是倒楣的差事啊！
是多麼難過的日子啊！」

監工們被鐵錘震昏了，
眼睛被火光刺痛了，
身子被爐火快烘乾了，
他們一個跟著一個從作坊溜出去了。

# 30 監工們的馬倒下了

晚上爐火更刺眼了，
鐵錘更響了，
監工們用手捂著耳朵，
還是震得睡不著覺啊。

一個狡猾的監工走近爐旁，
「老頭，你的活兒幹得怎樣？」
一團火花飛濺到他的臉上，
痛得他捂著臉一邊跑開一邊叫嚷。

老阿達憤怒地看了他們一眼，
他捶打得更有勁。
者麥麗含著悲痛將風箱拉得更快，
爐火燃燒得更紅更旺。

第三天到了，
鐵錘不響了，
監工們像畜牲打著鼾聲，
東倒西歪地睡著了。

聰明的姑娘者麥麗，
看了看監工的八匹馬，

她給兩匹紅鬃馬加了料，
把六匹馬的草料抽掉。

把最好的馬掌給紅鬃馬釘上，
卸下了六匹馬的掌，
她的動作多麼俐落，
她的動作多麼快當。

老阿達拿起閃光的鑿子，
給經文鑿上了幾條飄帶；
老阿達拿起閃光的鑿子，
給經文鑿了許多美麗的花朵。

添上無數的飄帶，
經磚像要飛翔起來了；
添上美麗的花朵，
經磚像在春風裡搖擺起來了。

老阿達用潔白的布包好經磚，
者麥麗牽出兩匹紅鬃馬，
父女兩縱身跨上馬背，
一直飛奔向馬阿里的家。

一個狡猾的監工猛然驚醒，
看見鐵匠父女騎馬飛奔，
他急忙大聲喊叫，
剎那間監工們一片亂糟糟。

鐵匠父女倆的馬像飛箭，
六匹馬在後面緊緊追趕，
兩匹紅鬃烈馬越跑越快，
六匹馬越跑越慢。

兩匹紅鬃馬越跑越遠了，
監工們的馬一匹一匹落在後面了。
兩匹紅鬃馬跑得看不見了，
監工們的馬一匹一匹倒在地上了。


# 31 抗爭

阿什瑪尼陰了三天三夜啊，
人們的臉上沒有一絲笑容，
阿里啊你為啥不答應？！
阿里啊你為啥不甦醒？！

天更黑了，
風更大了，
野狗嚎叫起來了，
烏鴉聒噪起來了。

天還墨黑墨黑，
惡徒們擁著哈大鼻趕來了，
東方還沒有一點光亮，
歹徒們擁著納三謊趕來了。

他們把鄉親們驚動了，
他們把嬰兒嚇哭了，
他們把馬老漢的院子包圍了，
他們把馬阿里捆上了、銬上了。

納三謊向大家說：
「馬阿里是邪魔，
這兩天已降災禍，
你們的田地都該歸我！」

哈大鼻說：
「馬阿里是妖怪，
這兩天已經作祟，
你們的牛羊該全歸我！」

納三謊一擠眼睛，
出來一個爪牙家丁，
他歪嘴斜眼裝瘋裝傻，
說馬阿里作祟使他生病。

哈大鼻一嗤鼻子，
走出一個尖腮鼠眼的管家，
他一會裝呆一會發傻，
說什麼是馬阿里在作弄他。

農民高舉鋤頭，
牧人緊握皮鞭，
「馬阿里是好人，
不准你們亂動彈！」

「哈哈，哈哈……
你們不見我頭上官帽亮閃閃，
我家是世世代代朝廷的命官，
誰敢把我哈門的權勢來反！」

「啊啊哈！
我頭戴黑色氈帽，
身穿繡有團花的大袍，
我納某的權力誰敢侵犯！」

「不准你們奪田地，
不許你們搶牛羊，
你們碰一下阿里，
我們跟你們死拼一場！」

農民舉起鋤頭，
牧人緊握長鞭，
面對著歹徒們的刀劍，
守衛在阿里的身邊。

## 32 者麥麗飛馬救阿里

哈大鼻下令把火點燃，
鄉親們怒聲震天，
兩邊短兵相接，
馬上要展開一場血戰。

突然一陣馬蹄聲，
兩匹紅鬃馬由遠而近，
像兩朵紅雲，
在眾人面前降臨。

聰明的姑娘啊，
在桂花樹下翻身下馬，
埋下金色的經磚，
桂花樹啊馬上抽枝發芽。

老阿達在院前翻身下馬，
走到兩個惡人面前說了話：
「大人啊，遵照你們的吩咐，
已將尊名刻在上面！」

「哼！老頭兒，
你在耍啥戲法？
那黃燦燦的經磚在哪裡？
為啥變成這個黑疙瘩？」

鐵匠向鄉親們大聲講話：
「阿里是鎮魔經磚的化身，
是正義人們的血汗凝成，
有了它阿里就會煥發青春。

惡人們心腸歹毒，
他們暗地裡把經磚挖出，
強迫我刻上他們的名字，
強迫我把鎮魔的經文鑿除。

阿里是光明磊落的英俠，
這塊經磚才這麼燦爛光華，
豈能把污穢的俗名刻上去，
他們的俗名只配這塊黑疙瘩！」

「哎呀呀，你這老頭膽敢犯上，
來人呀，快快給我捆綁，
割掉他的舌頭，
砍斷他的腳掌！」

者麥麗舉起抽馬的皮鞭，
她英姿颯爽。
老鐵匠威威挺立，
像一堵銅牆。

忽聽一聲呻吟，
是阿里從沉睡中甦醒，
他猛地站起來，
噹啷一聲鎖斷枷崩。

# 33 哈大鼻落荒逃跑了

歡呼聲震天，
眾鄉親一擁向前，
「阿里，你醒來了，
快同我們一起除奸！」

兩個惡人見事不妙，
跨上馬拼命奔逃，
百姓們猛力追趕，
打得豺狼們四處亂跑。

阿里縱身跨上了紅鬃馬，
者麥麗也躍身上了馬鞍，
兩匹紅鬃馬風馳電掣，
緊緊地把豺狼追趕！

哈大鼻落魄狂奔，
納三謊在馬上膽戰心驚，
兩個惡人往哪裡逃呵，
兩匹紅鬃馬越來越逼近。

阿里長舒鐵臂，
一把抓住了納三謊的腰巾，

者麥麗揮起馬鞭，
抽得哈大鼻烏血直淋。

納三謊被馬阿里摜在地上了。
哈大鼻被者麥麗追得抱頭落荒了，
納三謊躺在地上裝死了。
哈大鼻穿入樹林逃跑了。


## 34 歡樂的婚禮

一群馬兒在飛奔，
數一匹紅鬃馬跑得最歡騰。
一群騎手個個都漂亮，
數馬阿里長得最英俊。

馬阿里頭上纏著潔白的頭巾，
一朵鮮紅的玫瑰花插在正中。
一路歡笑一路歌，
去迎回他心上的人。

者麥麗家門口站滿了人，
一根彩帶擋住了門。
來的新郎哥哥唱一曲，
曲兒不好不准進內廳。

阿里抬耳高聲唱：
「圓圓的葡萄亮晶晶。
怎趕得上我的心晶瑩？
我把這顆心兒交給心上人！

潔白的奶子好純淨，
怎比得上我們純潔的愛情。
這根彩帶不應攔住我，
應該用它連上我們的心。」

彩帶收起門打開，
老阿達捧出香茶來。
內泡桂圓、紅棗和葡萄乾，
飲下冰糖茶水甜一生。

者麥麗哭鬧著不肯上馬背，
掉下的卻是歡樂的眼淚。
彩帶連著兩人的腰，
並著肩兒朝回跑。

堂屋正中坐著老伊瑪姆，
新郎新娘並肩站在堂屋中央。
伊瑪姆高聲念經文，
向一對新人撒了花瓣和紅花生。

「馬阿里，你願娶者麥麗為妻？」
「這是我真誠的心。」
「者麥麗，你願成為馬阿里的妻子？」
「我願和他永遠不離分。」

牛皮鼓擂得咚咚響，
六弦琴彈奏得歡快悠揚。
人們隨著鼓點跳起舞，
合著琴音盡情地唱。

午夜了禮拜寺塔上梆子響，
可是年輕人還在鬧新房。
滿天星星睜著亮晶的眼，
羨慕地把這間新房張望。


## 35 官兒發火了

那天哈大鼻落荒逃跑，
把官帽跑丟了，
把靴子跑掉了，
把馬也跑倒了。

他逃到府衙門前，
身上的官服已經撕爛，
醜臉腫得更紫更大，
進衙門便爬倒在知府腳下。

「大人啊，不得了喲，
鄉下的窮回回又造反了，
我們地方小官吃苦頭了，
大人趕快去平叛亂啊！」

知府老頭兒聽後笑開顏，
藉點事故出兵便有油頭賺，
「好刁民啊，你吃了天王的心！
好蠻種啊，你吞了雷公的膽！」

知府老頭兒一聲呼喚，
幾十個快捕跪在面前。
「快騎上快馬，去！
把馬阿里給我抓來審判！」

## 36 快捕們嚇破了膽

快捕們來到米目平原，
聽見鄉下人到處都在歌贊，
「馬阿里巴巴啊，
是非凡的英雄漢！」

快捕們聽說阿里進山了，
趕快奔向米目平原西邊的山。
好高的山啊，
白雲在半山纏。

快捕們爬上半山腰，
個個氣喘心直跳，
抬頭望頂高入雲，
陡削的峰巒沒有道。

山羊也要嚇破膽，
獼猴也不敢登攀。
險崖削壁上一青年，
砍刀聲聲震動群山。

快捕們看見嚇得全身發顫，
趕忙將鐐銬扔在一邊，

向少年拱手編瞎話：
「知府老大人拿紅帖請哥子赴宴。」

阿里在山崖上笑起來：
「衙門本是財主開的店，
官老爺要抓我為什麼自己不來？
你們為啥把鐐銬藏起來？

崖上有的是靈芝草，
崖上還有孔雀蛋，
要抓我就請上崖來，
何必山腰叫連天！」

「馬阿里，你逃不了，
要想下山只有這條道，
如果你不下山崖，
我們便放火把山燒！」

阿里停下砍刀哈哈笑：
「快捕們，仔細瞧，
我有白雲作路霧搭橋，
不用你們替我把心操。」

懸崖對面是南山，
萬丈深谷一線牽，

一條藤條蕩悠悠，
把兩座山崖緊緊連。

阿里背起柴火挎上刀，
盪著藤兒過天橋，
白雲朵朵盤腳下，
猴兒嚇得滿山叫。

快捕仰頭嚇破了膽，
只見阿里踩著白雲過對山。
「不是神人哪能騰空走？
不是仙人哪能飛天塹？！」

蛟能深海遊，
龍能雲天盤，
快捕們朝著對山直叩頭，
不敢抬頭望南山。


# 37 戲官

知府親自來抓馬阿里，
衙役敲著鑼開著道兒，

快捕和兵丁們呵呵地喊著「威」，
喲喲，好威風的官兒。

知府來到米目平原，
忽然迎面來了一位騎馬的青年，
跨下的駿馬像火焰一樣，
他唱著歌兒沒把官家的人馬放在眼。

「百姓養牛羊啊，
肉味從未嚐。
百姓種五穀啊，
四季吃粃糠。」

知府在轎內大喝：
「誰膽敢在這裡唱反歌！」
「啟稟大人，他就是馬阿里，
我們在山崖見過。」

「趕快給我抓來，
割掉他的舌頭剁斷腳！」
三十匹馬奔向前，
捲起塵土一溜煙。

知府坐著轎兒向前行，
忽然那騎馬的青年又出現，
他敲著鞍鐙唱山歌，
像沒有把官家的人馬看在眼。

「官兒四鄉走啊，
又是刮子又是鬥喇，
地上地下都刮盡了啊，
青天高了九尺九喇！」

「快捕們何在？
快快將馬阿里抓來！」
兵丁奔去二十匹馬，
怎趕得上那青年的馬快。

知府坐著轎子朝前行，
那一位俊青年又迎面騎著馬兒唱鄉音：
「我張弓能射九頭鳥啊，
我赤手能把猛虎擒！」

知府在轎內打了一個寒噤，
「啊呀，馬阿里真是一個妖精！」
「我不是妖也不是精，
是窮人的血汗哺育成！」

知府派出僅留下的六匹馬去追，
馬阿里的紅鬃馬快如飛燕，
官兒把兵勇都派遣完，
馬阿里又在面前出現。

「呵喲，不好，不好！」
知府老兒嚇得驚叫。
衙役們嚇掉了魂兒，
一聲呵哈撂下大轎全逃跑。

「你愛金啊送你一籮金，
你愛名啊送你金匾去揚名！」
知府嚇得直討饒，
叩著頭兒喊神人。

快捕、兵勇全回來了，
都說把馬阿里趕走了，
平常好威風的官兒啊，
為啥躲在轎內不露面了？

捕頭掀起轎簾一看啊，
大家嚇得目瞪口呆了，
轎裡裝滿牛屎和馬糞啊，
一塊「贓官」的牌子在官兒脖上掛著了。

# 38 希望

無數的木梆敲打起來了，
無數的牛角號吹起來了。
八月的桂花樹香起來了，
八月的稻田金燦燦的了。

阿達們把籮筐編好了，
阿媽們把油香炸好了，
姑娘們把壇罐洗乾淨了，
小夥子們把鐮刀磨得亮亮的了。

老奶奶們把回回香熏起來了，
孩子們把繡花的回回帽戴起來了，
阿訇們把綠色圓領的禮服穿起來了，
海裡發們把回回讚美詩唱起來了。

小媳婦們可以出門了，
姑娘們換上鮮豔的蓋頭了。
大地喜氣洋洋了，
是豐收的日子到了。

從來沒吃過飽飯的人，
今年該吃頓飽飯了，

從來沒有一件好衣服的人，
今年該有一件遮身的衣服了。

阿里和者麥麗更忙了，
鐵錘更響了，
爐火更旺了，
把大地和天空都映紅了。


## 39 災禍又來了

烏鴉為啥滿天聒噪起來？
野狗為啥漫野狂吠起來？
一片烏雲壓到人們的頭頂了，
是巡撫帶著人馬殺來了。

歡樂的梆子沒人敲了，
喜慶的牛角號沒人吹了，
桂花紛紛落灑在地上了，
穀穗兒沒精打采地低下頭了。

老奶奶把回回香滅了，
孩子們把小花帽藏起來了，

阿訇們把綠色的禮服脫下來了，
海裡發念起沉鬱的保佑經了。

小媳婦們躲起來了，
姑娘們藏進山裡了。
屋頂沒有炊煙了，
米目平原被愁雲籠罩著了。


# 40 哈大鼻又回來了

一群凶神殺來了，
一群惡魔闖來了，
一群野獸奔來了，
是巡撫帶著兵丁圍剿來了。

許多村莊被燒掉了，
許多禮拜寺被玷污了。
潔淨的井被填平了，
快收的莊稼被踐踏了。

哈大鼻回到莊園，
他抓來了馬老漢。

「阿哈，你這戎邊小卒，
你兒子竟敢與我比長論短。

看在穆斯林的份上，
哈某不計較前怨。
只要你交出馬阿里和經磚，
我擔保你們的平安。」

狐狸是狡詐的，
豺狼是殘暴的，
哈大鼻的鬼話啊，
是要賺人血喝的。

向貪心的官家求憐憫，
就像小雞在鷹爪下求生。
向殘忍的惡棍要仁慈，
就像在火裡祈求甘露飲。

好狠毒的哈大鼻啊，
他命人把桂花樹挖了，
他命人把枇杷樹拔了，
又把土挖了三丈深。

桂花樹流出血了，
枇杷樹流出淚了，
鄉親們都低下頭了，
老阿達昏過去了。

樹坑裡露出許多彩石頭，
樹坑裡冒出一股股清泉，
可是經磚卻無蹤無影，
哈大鼻失望地咆哮哀嘆。

# 41 哈大鼻癱倒了

好殘暴的哈大鼻啊，
他把馬老漢捆綁了，
他把柴火架起來了，
說不交出阿里就把馬老漢燒了。

皮鞭抽過了，
木棍打過了，
冷水澆過了，
馬老漢一聲都沒有哼過。

火點了一遍又一遍，
一陣陣狂風吹熄了，
火點了一遍又一遍，
一陣陣大雨澆滅了。

哈大鼻氣急敗壞，
他叫人把油鍋搭起來，
他逼著阿達把阿里快交出，
不然就鍋裡把命埋。

油鍋裡面油翻滾，
油鍋下邊冒青煙，
火苗竄起越燒越旺，
阿達閉目咬牙關。

哈大鼻狂暴地嘶吼起來：
「好頑固的老頭子，
我要把你炸成油餅子，
讓你的兒子看不見你買台的影子！」

油鍋裡瀰漫著油煙，
油煙不斷地旋轉，
突然聽見空中一聲吶喊，
馬阿里站在高高屋簷邊。

人群驚叫起來了，
人群歡呼起來了，
馬老漢眼睛睜開了，
望著神威的兒子笑了。

哈大鼻驚慌了，
扔下馬鞭子逃跑了，
頭巾跑散、靴子跑掉了，
還沒到巡撫大營便癱倒在路上了。

## 42 闖陣

馬阿里命令下了，
回回鄉親進入寨子裡了。
寨牆加厚了，
壕溝挖寬了。

巡撫帶大隊人馬來了，
遠遠地把隊伍停下來了，
吃過幾次敗仗的官軍，
不敢冒險向前衝殺了。

巡撫將陣式列開，
讓兵丁在陣前叫罵，
指名道姓要馬阿里出來，
見識見識官家厲害的陣法！

一通鼓擂過了，
二通鼓擂罷了，
三通鼓又擂響了，
巡撫把陣式變化了。

兵丁喊起威來，
校官拔出寶劍來，
巡撫捋起鬍鬚笑起來，
嘲笑馬阿里不敢出來。

突然叮叮噹噹馬鈴響，
寨子裡沖出一位騎馬的青年人，
沒有頭盔和鞍鐙，
跨下的紅鬃馬像一朵紅雲。

好俊美的青年，
兵丁都看呆了。
好威風的小夥子，
校官們都懾服了。

是天上飄然而下的天將？
是地上遨遊的神仙？
巡撫看見這英姿勃勃的青年，
心裡也有幾分膽顫。

巡撫發出號令，
馬上變了陣形。
一層層兵將，
把馬阿里圍困在中心。

哈大鼻走出來發話，
還未開腔腮幫肉便抖動了幾下。
「野娃子還不快快下馬伏法，
不然掃平你萬姓千家！」

馬阿里並不答話，
兩腿一夾紅鬃馬，
寶駒幾聲長嘶，
像霹靂在長空爆炸。

馬到處兵丁們閃開，
馬到處官兒們躲開，
哈大鼻雙手捂著腦袋，
兩條腿卻不能邁。

巡撫原想利用多變的陣法，
將這匹不羈的馬阿里擒拿。
豈知阿里神勇過人陣法諳熟，
反把官家的兵馬踐踏。

鼓不敲了，
鑼不響了，
突然天地沉寂了，
馬阿里騎著紅鬃馬早闖出重圍了。


## 43 哈大鼻與色退尼

黃酥酥的油香，
哈大鼻吃起來不香。
肥嫩的羊羔，
哈大鼻吃起來沒味。

他請阿訇來給他念平安經，
老阿訇應付幾句便走了。
他請來海裡發給他叫「班克」，
海裡發把聲音壓得很小。

哈大鼻把捧香的女僕踢走了，
把打扇的女僕趕跑了。
捧起雙手又唸起「喚魔」邪語，
呼喚專幹壞事的色退尼。

耗子高興得打起滾來，
狐狸喜歡得怪聲地唱起來，
善良人類的仇敵──
色退尼從地縫裡鑽了出來。

「呵哈，
我可憐的朋友，
有啥派遣？
你儘管吩咐！」

「唉，我的好朋友，
我得了巡撫令箭，
要我捉拿馬阿里，
可是啊，我力薄孤單。」

聽到馬阿里的名字，
色退尼張惶失措，
「啊喲，我的好朋友，
他是我們可怕的對頭。」

「我的好朋友，
有我哈某你別害怕，
你是最聰明的精靈，
快快與我想個辦法！」

地上有多少蛇洞，
色退尼就有多少個壞心眼。
它瘋狂地旋轉，
然後尖厲地怪叫幾遍：

「我的好朋友請把心放寬，
他會落入我們的套圈。
他有一位絕色的妻子，
你快把她弄到身邊。

你既滿足了心願，
又把她作為魚餌誘騙，
保管馬阿里自投羅網，
豈不除卻你心頭大患。」

「啊，我的好朋友，
你的計謀實在太好，
只是馬阿里本領太大，
我的心總是七上八下。」

「你澆他十罈烈酒，
你澆他十桶狗血。
他是虔誠的穆斯林，
那時他便還手不迭！」

哈大鼻哈哈大笑，
色退尼也得意地直叫，
他們的聲音啊，
像荒野裡的狼嗥！

## 44 奸計

愁雲滿天密佈著，
秋風涼嗖嗖地吹著，
秋雨淅淅瀝瀝地下著，
大地把額頭緊緊皺著。

金燦燦的稻子，
在田裡爛著，
四四方方的拌桶，
在院壩裡閑著。

巡撫還在縣衙門坐著，
兵丁還在城裡駐紮著，
哈大鼻還派人吆喝著，
說要把寨堡燒著。

老阿媽在家把阿里等著，
老阿爸在家把兒子候著，
者麥麗在門口把阿里盼著，
回窩的鳥正急飛著。

黑哇尼在門外叫著，
「者姑娘，你阿達病重著，
你家阿里已經趕去了，
讓你趕快後面跟隨著。」

者麥麗聽了一下急了：
「我阿達的病幾時得的？
阿里為啥連家都不回一趟？
你的口信哪裡來的？」

「口信是你家阿里讓我捎的，
這裡有阿訇的平安經讓你拿著，
這裡有阿里的白頭巾證明著，
這種事兒誰敢瞎胡說？」

者麥麗聽罷越發著急，
趕快辭別公爹和婆母，
恨不得插上翅膀飛回家，
將重病的老阿達好好照顧。


## 45 中計

沒有星星，
沒有月亮，
青蛙不叫，
河水也不淌。

秋風冷嗖嗖，
秋雨顆顆涼，
阿什瑪尼，偏這麼黑，
路啊，偏這麼長。

者麥麗走在路上，
顧不得風冷和雨涼，
顧不得泥灣和道長，
一心掛在阿達病上。

前面燈光閃閃，
前面火把明亮，
抬來轎子牽來驢，
是阿里派人迎接者姑娘。

者麥麗著急直想哭，
顧不得問清是誰家的轎，
顧不得辨認是哪家的驢，
催著轎往家跑。

轎夫抬著不向東，
轎夫抬著也不朝南，
轉著圈子往北走，
一直抬進哈家院。

# 46 者麥麗遭難

黑色的大門，
黑色的牆，
黑色的臺階，
黑色的房。

者麥麗被送進一間雕花的房子，
裡面放著紅漆的櫃子，
床上鋪著繡花的錦緞被子，
掛著珠光閃閃的紅帳子。

屋裡點著廿四隻蠟柱子，
屋裡燃著十二座香爐子，
梳粧檯上放著玉梳子，
洗臉架上放著金盆子。

哈大鼻派來兩個老媽子，
又派來兩個小女子，
老媽子給者麥麗送上繡花袍子，
小女子端來桂圓、瓜果和鮮奶子。

者麥麗扔掉了袍子，
打翻了瓜果盤子，
捧壞了香爐子，
急得直掉淚珠子。

哈大鼻轟退老媽子，
趕走了小女子，
移動著他那肉團子。
細聲慢氣地喊者麥麗的名字。

「我的心肝小娘子，
我想你想得掉鬍子，
我送給你一把金鑰匙，
管你享受一輩子。」

哈大鼻饞得直淌哈喇子，
他猛撲過去想摟住者麥麗的腰身子。
者麥麗圍著桌子跟他轉圈子，
哈大鼻扯住者麥麗的長裙子。

者麥麗給他幾蠟柱子，
者麥麗給他幾耳聒子，
哈大鼻厚著臉皮子，
打著哈哈想親嘴子。

忽然趕來他的大老婆子，
罵他背地娶第四個妻子。
說應由她給哈大鼻選日子，
罵者麥麗是不識抬舉的賤女子。

者麥麗被鎖進黑房子，
門外守著兩個狗腿子，
者麥麗上天無路入地無門，
過著黑日子，等著壞日子。

# 47 孤雁哀鳴

大雁北來了，
池塘熱鬧起來了，
一對對大雁啊，
相親相愛分不開。

巡撫的兵弁，
哈家的凶頑。
他們藏在蘆葦深處，
向雁群射出一支支冷箭。

一隻雌雁被殺害了，
雄雁在空中哀鳴，
一圈又一圈地飛，
一遍又一遍地叫。

大雁遷徙了，
排著人字隊形，
離開這不安寧的地帶，
離開這殘酷的地方。

大雁排著人字，
飛遠了，飛遠了……

剩下幾隻孤單的雁，
久久地在空中哀叫……


## 48 呼喚

阿里和者麥麗是一對相親的雁，
哈大鼻硬想把他倆拆散，
他們怎麼分得開？
他們怎能一天不相見？

者麥麗在黑房裡受難，
者麥麗在黑房裡受熬煎，
她喊了千聲阿里萬聲哥哥，
眼淚快把石板滴穿。

「我好糊塗啊，
怎麼輕信壞人的話？
我太欠周詳啊，
怎麼不見阿里就離開家？

美麗的玫瑰花插在我的頭上，
香噴噴的底格花捧在我的鼻上，

潔淨的聖泉水灑在我的身上，
哥哥的愛啊永遠刻在我的心上。

哈大鼻滿身腥臊披人皮，
他休想在我的身上打主意，
就是骨頭碾成粉末末，
灰灰塵塵都屬哥哥你。

黑房、黑窗、黑鐵鎖，
哥哥快救妹妹我，
千聲呼來萬聲喚，
哥哥快救妹妹出狼窩。」


## 49 千呼萬喚者麥麗者

麥麗啊麥麥麗，
聽說你落入狼窩裡，
阿媽為你常落淚，
阿達為你常歎息。

者麥麗啊者麥麗，
聽說你落入虎口裡，

阿媽怕你天寒少衣穿，
阿達怕你一時心眼窄。

者麥麗啊者麥麗，
阿里為你不思茶和飯，
千聲萬聲把愛妻喚：
「妹妹啊，我怎忍你在狼窩受災難！

妹妹和我是比翼鳥，
妹妹和我是並蒂蓮，
是哥哥我沒有保護好你嘞，
我的心兒好似亂箭穿！」

者麥麗啊者麥麗，
鄉親們聽說你落了難，
大家都為你把心擔，
家家戶戶少歡顏。

寨子靜靜梆聲息，
家家屏氣心不安，
野外豺狼嗥，
夜霧低垂大地寒。

# 50 為救愛妻奔龍潭

阿里做了一個木頭人，
安上鼻子塗上眼睛。
好讓它成為自己的替身，
讓愚蠢的打手們開開心。

阿里騎馬出了寨圍子，
張開弓拉滿弦，
向著天空射一箭，
日頭中箭直打閃。

阿里搭上二支箭，
向著巍山拉滿弓，
飛箭嘯嘯狂飆起，
巍山狼峰被射穿。

阿里喚來三位同名夥伴，
讓他們如此這般莫遲緩。
說罷催馬奔哈府，
為救愛妻闖龍潭。

# 51 暗藏殺機

大門上喜慶的燈籠掛著，
二門上五色的彩綢飄著，
三門上鮮紅的對聯貼著，
從大門到花廳禮品排著。

哈府表面一派喜氣洋洋，
暗地裡卻正把殺機埋藏。
喜慶筵席是陰險的魚餌，
妄想將阿里這條魚釣上。

廳下擺著十桶「鮮奶子」，
廳下放著十桶「甜蜜糖」，
專等馬阿里闖進哈府來，
便請這位「貴客」嘗嘗。

算定馬阿里要來救者麥麗，
哈府的宴席用盡了心計。
哈大鼻派快馬去向知府通了消息，
告訴官家回回寨子正空虛。

哈府的宅門大大敞開，
阿里果真直直闖進來。

幾道道宅門隨即關閉，
不讓馬阿里再出來。

阿里不怕殺機埋，
阿里不怕門不開，
為救愛妻者麥麗，
龍潭虎穴也要來。


## 52 較量

阿里走進大廳內，
一位管家迎出來：
「專等貴客來哈府，
大罈小罈方能開！」

管家叫聲快開封，
忽地鑽出十條大漢來。
端起罈罐朝阿里潑，
剎時阿里倒塵埃。

腥臭的狗血刺鼻的酒，
虔誠的穆斯林怎能忍受？

管家踢著木偶笑起來。
「哈哈，原來馬阿里是個木頭怪。」

管家趕忙請出哈總鎮，
哈大鼻一見笑開懷。
他又把木人反復看，
突然擰起眉毛來。

「你們真見他撲倒地？
沒有看見他走離開？」
「大人說過馬阿里是妖精，
果然原形現出來。」

哈大鼻惡狠狠看了看管家，
「呸！你們中了金蟬脫殼計，
還說什麼看見他撲倒地，
還說什麼是個木製的！」

哈大鼻說罷又捋鬍鬚笑：
「哈哈，馬阿里不管你多英豪，
我早布下天羅與地網，
就是你插翅也難逃！」

哈大鼻命管家去後院接應，
說捉住馬阿里大大有賞銀。
管家帶人正要走，
忽然內院一陣梆子聲。

「報大人，內院起火！」
「報大人，三奶奶院內鬧鬼神！」
哈大鼻向管家一揮手：
「你趕快去看看動靜。」

管家臨走他又叫住：
「回來，這是馬阿里的調虎離山計，
他休想逃出我的手掌心，
你們快去後院捉拿人！」


## 53 鬥豺狼

黑色的門啊，
黑色的牆。
黑色的箭鏃啊，
黑透了的心腸。

後院揚起了黑乎乎的鉤啊，
後院張起了陰森森的網。
張牙裂嘴的豺狼啊，
要想把阿里咬傷。

神勇的阿里早就預料到了，
汙物潑來時他早縱身上樑了。
他把替身木偶扔在地上了，
愚蠢的打手還以為得計了。

他早跨過屋脊了，
他早躍過高牆了。
在東院把火點燃了，
在西院把牆推倒了。

東院慌了手腳了，
西院亂作一團了。
只等哈大鼻帶人來，
阿里便乘虛去黑房了。

好狡猾的豺啊，
好刁鑽的惡狼。
哈大鼻毫不動聲色，
仍然守住黑磚房。

再狡猾的狐狸，
也鬥不過獵人。
再老奸巨滑的哈大鼻，
也要在馬阿里手裡敗陣。

蛇不出洞啊，
用老鼠去引誘它。
哈大鼻不離開黑磚房麼？
讓他的三老婆花蜘蛛去叫他。

馬阿里彎弓搭上響箭，
箭羽疾飛風聲起，
穿過了門啊穿過了窗，
響箭射中花蜘蛛的床。

響箭發出哈哈的笑聲，
響箭發出轟轟的雷鳴。
花蜘蛛嚇得嗚嗚直叫，
披髮赤足逃出了房門。

家丁趕忙報告哈大鼻，
「三奶奶赤腳披髮逃出房！」
哈大鼻一聽好生氣啊：
「大膽的馬阿里竟敢調戲我婆娘！」

家丁抬著桶來了，
家丁舉著網來了，
家丁扛著繩索來了，
狡猾的狐狸終於出洞了。

東院的門倒了，
西院的牆塌了。
花蜘蛛抱頭哭叫著，
家丁都驚惶地傻看著。

哈大鼻問馬阿里在哪裡？
花蜘蛛驚恐地指著屋裡。
問打手們為什麼不進去？
一個個將脖子縮進衣領裡。

哈大鼻命令十條大漢子，
說擒住馬阿里便賞給白銀子。
漢子們撞開門撬開窗子，
忽聽見笑聲、響聲來自床幔子。

轟轟響聲令人嚇破膽，
哈哈笑聲叫人腿發軟。
搜尋房內無人影，
誰也不敢撩開床帷幔。

「床上有毛腿子！」
管家嚇得全身像篩篩子，
哈大鼻背上也起了雞皮子，
叫打手提來桶端來盆子。

將狗血潑進錦繡的帳子，
將烈酒潑滿幾間屋子，
滿床狗血臭得熏鼻子，
滿屋酒氣讓人翻腸子。

房子裡仍然轟轟響個不停，
帳子裡仍然哈哈笑個不住。
東、西院混亂還沒完，
前面院子又大火燒起。


## 54 管家卻被羅網裹起來

地獄般的黑磚房，
牆有城牆厚，
十八層鐵板門緊閉，
鎖有四尺長。

門口站著四個大漢，
手裡握著刀，
掌中拿著槍，
四桶狗血面前放。

阿里縱身藏到榕樹上，
彎弓搭箭射在木桶上。
四隻木桶全射穿，
家丁未覺血流光。

阿里縱身跳下樹，
大呼一聲到門前。
四條大漢迎上來，
長槍短刀被裁斷。

四個大漢舉起桶，
污穢狗血早流完。
家丁嚇得直打顫，
抱著腦袋忙逃竄。

一聲弦響鎖落地，
阿里一腳門踢開，
黑房躺著者麥麗，
昏迷不醒睡塵埃。

阿里大聲呼喚心愛的妻，
者麥麗牙關緊閉口不開。
阿里卜簌簌掉下眼淚，
急忙將者麥麗背出黑房外。

剛剛背出黑魔窟，
突然哈府家丁打手趕將來，
他們舉起撓勾拉開網，
要把他夫妻二人裹起來。

大網落下撓勾到，
說時遲來那時快，
只聽哎唷幾聲叫，
管家卻被羅網緊緊纏起來。

阿里背著心愛的者麥麗，
越過黑房跳過高高的牆，
神不知鬼不覺地逃出了虎穴，
離開了這塊骯髒的地方。

阿里抱住者麥麗，
跳上早備好的坐騎，
紅鬃馬牲靈通人意，
揚起四蹄奔鄉里。

# 55 好刁的豺狼

村落在朝後退卻，
樹林在兩旁閃讓。
阿里耳邊響起風聲，
紅鬃馬像一團火在飛翔。

突然懷中的妻子在呻吟，
聲音卻是那麼陌生。
的確是者麥麗的蓋頭，
的確是妻子的衣裙。

馬阿里輕輕揭開蓋頭，
不覺大吃一驚：
「原來是一位不相識的女子，
為什麼要冒充我妻子的身分？」

馬阿里勒住了紅鬃馬，
向女子發出詢問：
「你是哪家的女子，
為什麼要扮作他人？」

姑娘睜開惺忪的眼睛，
眼裡充滿驚恐。

她拼命掙扎和呼喊：
「你殺死我也不順從！」

「姑娘啊，請你放心，
我不是強盜，
也不是壞人，
你為什麼穿著我妻子的衣裙？」

這姑娘打量一下自己，
也不覺吃了一驚。
「啊，我怎麼來到這裡，
又怎樣換上這一身？

好人啊，我是良家女子，
家住在北村，
官家燒了我家房屋，
強人又把我搶進哈家門。

可恨的哈大鼻，
又把我關進牢門。
我饑渴中喝了一碗水，
以後便人事不醒。」

「你知道我妻者麥麗關在哪裡？
希望你告訴我一個音信。」
「者麥麗？她是你的妻子，
我沒有見過這個人。」

好狡猾的狐狸啊，
好刁狠的豺狼，
你用偷樑換柱的伎倆，
膽敢來欺騙獵人。

這時，前面煙塵滾滾，
這時，前面殺聲陣陣，
阿里向姑娘指明道路，
便迎著聲音飛奔。


## 56 兩位神勇的馬阿里

巡撫得到哈大鼻的秘信，
派出快馬三百騎兵，
像一股旋風捲來，
要把回回寨子踏平。

官兵們來到寨前，
寨子卻安安靜靜，
西邊寨門大大開著，
不見一個人影。

官軍正想乘虛衝進，
突然寨裡衝出一群村民。
為首大漢手裡提著石滾，
好像是拿命的哲白裡天神。

馬上的官兒打一個寒噤，
他又裝腔作勢大喝一聲：
「什麼人膽敢阻攔本官前進？
趕快閃開，不然王法不容情！」

「當官的嘮，你快睜開眼睛認認，
老子就是你們要捉拿的人，
早算準你們要來我回回寨子，
我正等著拿取你們的性命」

官兵們一聽提石滾的便是馬阿里，
隊伍便有些不穩，
有幾個兵丁嚇得直發抖，
有幾個嚇得從馬上墜落地塵。

「哈哈，你想冒充馬阿里？
他早被哈總鎮用繩索捆定！
你們這些化外之民不守法度，
朝廷對爾等決不寬容！」

說罷官兒揮刀向前，
兵丁將馬阿里圍困。
只聽嗶嗶噗噗一陣響，
刀槍早飛向空中。

這軍官雖有些本領，
怎敵得過馬阿里力大無窮。
他見衝不進西寨，
便帶著兵丁衝向北門。

北邊的寨門也大大開著，
一點也不理睬官軍的到臨。
只見一個大漢正在拔河邊的柳樹，
然後連根帶泥把樹放在寨門。

這軍官見大漢這般氣力，
不覺又打了一個寒噤。
他揮刀發出命令，
讓鐵騎衝進寨門。

大漢抱棵大樹在寨門站定，
哈哈一笑像一陣雷鳴。
「什麼人敢阻擋官軍道路？
豈不怕王法不容？」

「老子行不更名坐不改姓，
馬阿里便是你們想捉拿的人。」
「馬阿里早被哈總鎮拿住，
你們這些化外之民還不趕快投誠！」

「哈哈，你們想進寨門，
那就看這棵樹答不答應！」
馬阿里旋轉起手中的大樹，
風聲呼呼亂石滾滾。

軍官指揮兵丁把大漢團團圍定，
只聽大漢幾聲怒吼，
嚇得官軍馬叫兵呻吟，
只打得官軍人仰馬翻滾。

殺聲正在一陣緊似一陣，
忽然後軍亂了營。
一位騎紅鬃馬的俊青年，
衝入敵陣後軍。

俊青年舞起一把長劍，
刀碰上被削斷，
盔甲碰上被刺穿，
兵丁們紛紛逃散。

帶兵的官兒聽說後面殺來一個俊青年，
嚇得魂兒飛散：
「他是真馬阿里，真馬阿里啊！」
趕忙帶著十餘散騎逃竄。

# 57 阿里專釣大頭鰱

官兒帶著十餘騎驚慌奔逃，
阿里們佯裝追趕。
慌亂中官軍不擇路線，
一條大河橫在他們面前。

白茫茫江水一片，
洶湧奔向東南，
官軍奔到河邊，
一個個叫苦連天。

後面追來的村民一片吶喊，
官兵們像螞蟻亂成一團。
忽然間從上游飄下一條小船，
官軍們便大聲呼喊。

船上立著一位少年，
白色的繡花帽，
綠色的衣衫，
駕著小船就像在平地一般。

「船娃，船娃，
趕快靠岸！
把軍爺們渡過去，
多多賞你船錢！」

「我的船兒小，
我的船兒淺。
這浪頭又大，
這河又寬。」

「我們扔掉馬，
拋掉盔甲和刀劍，
船娃船娃快靠岸，
追兵已經不太遠。」

船娃搖船靠了岸，
十幾個軍漢慌慌張張跳上船，
船兒撐不開，
只在岸邊打圈圈。

「船娃快把船兒撐江心，
你不見追兵眼看到跟前！」
「你們捨不得扔掉頭盔拋掉甲，
船小人重船要翻！」

軍官軍漢無奈脫衣甲，
少年趕忙又阻攔：
「為將的盔甲不全見主帥，
定會推出帳外被腰斬！」

軍漢們聽罷拱手謝：
「小兄弟想得太周全。」
少年篙竿輕一點，
小船隨波離岸邊。

少年一手抬耳唱漁歌，
山山水水都應合：
「好大的魚啊裝滿倉，
我阿里的鈎專釣大頭鰱。」

軍官軍漢一聽心打顫，
官兵剎時臉色變。
官兒突然驚惶叫：
「啊喲，我們上了賊娃船！」

軍官拔劍便朝少年砍，
少年噗通一聲跳進江裡邊。
船在江心直打橫，
隨波顛簸像要翻。

這時下游幾個竹筏橫江面，
上游又追來幾條翹尾船，
官軍們慌忙直叫苦，
忽然船邊又露出胖娃臉。

小阿里腳踩兩塊小木片，
穩穩當當像駕一條大帆船。
小阿里拍手呵呵笑，
笑得木船東歪又西偏。

一個軍漢慘聲叫：
「船漏囉！
救命啊⋯⋯」
船隨叫聲沉河川。

# 58 強婚

哈大鼻拋出釣鈎撒下網，
網著管家大頭人。
家丁趕忙報與哈總鎮，
哈大鼻急令鎖進黑牢門。

哈家大門掛著燈，
二門上面結著彩，
三門高懸喜字牌，
大廳上喜字蠟燭十二排。

哈大鼻好高興，
逮住了馬阿里他去了心病。
他高興得沖昏了頭腦，
跟前少了一個管家他也不知情。

他請來十坊阿訇和伊瑪姆，
還有滿拉一大群。
滿拉齊聲唱起尼卡亥的經文詩，
又請阿訇念吉祥的經文。

哈大鼻想娶者麥麗為第四個妻子，
真是豺狼的肝肺癩蛤蟆的心。

白天鵝要棲宿在潔淨的水塘裡，
怎能生活在骯髒的污泥坑。

哈家捆綁了者麥麗的胳膊，
又用絹帕塞住她的嘴，
用綾羅彩緞包裹了她的身，
但是啊怎能包裹住她那顆純潔的心。

一位老阿訇坐在正中，
兩個婆姨把者麥麗擁到大廳，
強逼她跟哈大鼻並肩站定，
婆姨使勁抓住她不敢放鬆。

老阿訇先問哈大鼻：
「你願意娶她為妻嗎？」
「啊啊，這是真主前定的凡爾瑪尼，
我早就把者麥麗看中！」

阿訇又問者麥麗：
「你願嫁與他為妻嗎？」
者麥麗被塞住嘴拼命抗爭，
婆姨們硬說她已經答允。

阿訇一面念經一面撒紅果，
哈大鼻披紅插花好快活。
染紅的花生、紅棗撒在者麥麗身上，
像一塊塊石頭砸在者麥麗的心窩。

哈大鼻喝完奶子吃過蜜糖，
又強給者麥麗披上新衣裳，
命令丫環和老媽子，
將者麥麗關進了新房。

是新房，門卻上著鎖，
是新娘，卻不解開繩索。
婆姨們在房內看著，
家丁們在屋外守著。

者麥麗是個烈性的女子，
豈容許野獸踐踏她潔淨的身子。
者麥麗是馬阿里的妻子，
怎能住進豺狼的窩子。

一隻隻紅燭在燃燒，
一隻隻紅燭在落淚。
燭光在者麥麗的心中化成熊熊烈焰，
燭淚在者麥麗的心中似怒潮滾滾。

# 59 蓋頭下一對憤怒的眼睛

九十隻紅燭，
照不亮狼窩。
四十爐回回香，
消不了哈家的腥味。

哈大鼻走進新房，
連燭光都暗淡了。
哈大鼻闖進新房，
連回回香也變味了。

「香花有一百朵，
玉蘭花是最香的一朵。
我早就想插進我花瓶裡喲，
這凡爾瑪尼是真主的定奪！

按教規我掀起你的蓋頭，
你就是我的妻子，
也是我枕邊的奴僕，
從今起一切都要順從我。」

蓋頭下一雙憤怒的眼睛，
射出兩團烈火，

哈大鼻突然感到恐懼，
他揭蓋頭的手直哆嗦。

婆姨們取掉塞在者麥麗嘴裡的絹帕，
婆姨們解開了捆在者麥麗身上的繩索。
她們向者麥麗祝福道喜，
然後恭恭敬敬地退出這狼窩。

哈大鼻佯裝鎮定：
「你已經是我的妻子，
你已是總鎮的夫人，
這是胡達賜與你的福份。

我有的是金，
我有的是銀，
我有的是牛群羊群，
我拔根寒毛你終身也享用不盡。

馬阿里是一個凡蓋納，
你何必跟著他受苦。
馬阿里是官家要犯，
你何必為他受刑。」

者麥麗無比激憤：
「你是什麼虔誠的穆民？

你是以不劣廝！
你是色退尼的化身！

我是有夫之婦，
我和馬阿里堂堂正正。
你搶劫有夫之婦，
你還滿口經文。

你手捧古蘭經，
卻心懷不正。
你滿嘴教門，
卻比豺狼兇狠。

馬阿里雖然貧窮，
但是他有一顆純正的心。
馬阿里他有什麼罪？
他反的是你們這些惡人！

我不希罕你的金，
我不希罕你的銀，
你休想用污穢的財帛來買我，
馬阿里的心比這些俗物更珍貴。」

「哈，你這女子好不領情，
難道不知道你的身分？

如果再提別的男人，
伊斯蘭的教法可不容！」


「誰是你的妻子？
你強婚教法能容？
經典裡哪能找到，
塞住嘴的婚姻？」


「啊啊，你這賤人不要嘴硬，
我會用皮鞭抽你，
再用石頭砸你，
你不過是我的奴僕和衣裙！」


「皮鞭只能抽爛我的皮肉，
石頭只能砸爛我的頭顱，
但是你砸不爛我潔淨的靈魂，
砸不爛我愛馬阿里的這顆心！」


「啊啊，你還要提那下賤的名字，
他的每一個字都使我氣忿。
他與卡廢兒同夥，
他不是正宗的穆斯林。」

「你是洞裡的蠍子，
阿里是藍天上的雄鷹。
從你嘴裡說出他的名字，
那才是對他最大的汙損！」

哈大鼻怒氣沖沖，
哈大鼻兩腮顫動。
他從牆上取下鞭子，
想把者麥麗教訓。


# 60 奪親

好明亮的燈籠，
好耀眼的火把。
只聽吆喝聲聲馬蹄踏踏，
一隊官兵奔向哈家。

好氣派的官兵，
一個個頂盔貫甲，
一個個像座鐵塔。
似一股旋風直奔哈家。

官兵們翻身下馬，
不通報便直闖大廳下。
「請哈總鎮趕快出來，
巡撫大人有話傳下。」

哈大鼻聞報來了官家，
只得把舉起的鞭子放下。
「小賤人，你若還不回心轉意，
等我回來再把你懲罰。」

哈大鼻纏上頭巾，
穿上禮服，
披上紅綢，
插上紅花。

急忙來廳上一眼看見王游擊，
兩旁列著彪形軍漢似惡神黑煞。
「游擊大人，
有失遠迎，

請坐，上茶！」
一位軍官上前搭話：
「巡撫有話，
請游擊大人傳達！」

王游擊遲疑了一下，
「啊，是的，巡撫有話發下，
聽說總鎮得了一個天仙般的女子，
巡撫大人特令我來接她。」

「啊，這可使不得，
我已經請阿訇念過經了，
我們已經是夫妻了，
大人，您明白嗎？」

王游擊未吭聲那位軍校又發話，
「不管念經不念經，
她是搶來的婆姨，
為啥就不能轉嫁？」

哈大鼻胖臉紫脹：
「這位是什麼人？
說話怎麼這般荒唐？
誰能把自己婆姨轉讓？！」

王游擊趕忙開腔：
「他是巡撫貼身軍校，
他跟隨巡撫多年，
巡撫的脾氣他全知道。」

哈大鼻一聽是巡撫的隨身軍官，
不得不把怒火收斂。
趕忙笑著讓座請安，
「諸事還望二位大人包涵！」

軍校仍然繃著臉：
「哈總鎮，不是我們有意為難，
巡撫的鈞旨，
我等豈敢改變？」

「還望二位回去替哈某多多美言，
望巡撫大人給哈某點薄面，
讓四鄉知道這事情，
我怎能支撐這地方的局面。」

軍校馬上接言：
「總鎮的難處我等怎能不見，
只是巡撫是個愛美色的英雄，
想改變他的主意就像移動泰山。」

正說話間又飛馬趕來一個軍漢，
一到廳上便把巡撫口諭傳：
「爾等辦事何等遲緩！
火速將女子送到行轅。」

哈大鼻剎時白了臉，
「二位大人，咋辦？咋辦？」
軍官眉毛一揚有了笑顏，
悄悄地在哈大鼻的耳邊說了如此這般。

「哈總鎮，就說巡撫夫人接新娘耍幾天，
巡撫高興了說不定給你做大官……」
軍校附著哈大鼻的耳朵講了一串，
哈大鼻苦笑著把頭點。

軍校放開喉嚨把巡撫口諭唱了一遍，
「巡撫夫人接新娘進衙，
三五日便護送回還。」
這時哈大鼻的心裡像泡了一根黃連。

不管者麥麗怎樣掙扎，
被官兵擁上了馬。
無數的燈籠火把，
像閃電般地離開了哈家。

# 61 迎回

者麥麗仍然不停掙扎，
眾官兵捆著她拼命打馬。
馬隊忽兒鑽進叢林，
馬隊忽兒沿著河壩。

者麥麗心裡充滿仇恨，
者麥麗信念更加堅定。
她心裡只有一個念頭，
只有死亡才能保住忠貞。

她耳裡只聽馬蹄踏踏，
她眼裡晃動著明亮的火把。
她聽見兵器與甲冑相撞，
看見軍漢們映紅的臉頰。

她感到這些軍漢並不可畏，
她發現軍漢們親切的眼花。
她好像在哪裡見過他們，
「啊，不會的，他們都是官家！」

者麥麗悄悄辨認著星星，
辨認著黑黝黝的森林，

辨認著村落和池沼，
暗地裡識別她熟悉的路徑。

幾匹馬把她夾在當中，
她被前呼後擁。
她多麼想衝出馬隊，
衝回親人的寨子中。

馬隊到了一道河灣，
者麥麗認出那道熟悉的河川。
她奮力推倒兩個軍漢，
又在她的馬背上狠抽了幾鞭。

眾軍漢哈哈大笑，
「者麥麗快跑！快跑！
我們究竟是什麼人呀，
你也不回頭來細細瞧瞧！」

他們是穿著官軍甲冑的義民，
馬阿里用小小計謀，
夾迫著被俘的王游擊，
迎接者麥麗回了寨門。

# 62 者麥麗回來了

月亮從烏雲裡鑽出來了。
所有的森林、溪流都唱起來了，
寨子裡的牛角號吹起來了，
牛皮鼓敲起來了。

者麥麗的座騎飛奔回來了，
後面的一列燈籠火把緊跟來了。
牛角號嗚嗚地吹得更響了，
牛皮鼓咚咚地敲得震耳了。

寨門大開了，
鄉親們迎出來了。
者麥麗翻身下馬了，
婦女們把她圍起來了。

「官兵」們趕來了，
個個把甲冑解開了。
好嚴肅的軍校啊，
馬阿里英俊的面貌露出來了。

者麥麗倒在親人的懷裡了，
青年們把這對戀人圍起來了，

他們把讚美歌唱起來了：
「經霜的桔子啊更甜更甜了。」

金雞高吭地唱起來了：
「者麥麗回來了，回來了！」
頓時千萬隻金雞呼應起來：
「者麥麗回來了，回來了……」

# 63 挑撥

謠言像隻黑色的烏鴉，
「聒！聒！馬阿里搶了一個漢家女娃！」
謠言從西村飛到東村，
沒幾天這謠言便傳遍了天下。

「啊哈，不假，不假，
我們親眼看到馬阿里騎著快馬。
懷裡抱著一個漢家女娃！」
哈大鼻子派人四鄉散發。

不假啊不假，
馬阿里曾經救過一個女娃，

她穿著者麥麗的衣衫，
她罩著者麥麗的面紗。

米目平原上有四十四個漢村，
村村傳遍這樣的話：
「馬阿里為啥搶我們的姑娘，
他是在侮辱我們漢家！」

馬阿里有口難分，
因為那少女沒有去回回寨，
也沒有回到北村，
她至今渺無音信。

寨外射進了四十四支箭，
箭桿上繫著書信四十四封，
封封要阿里放回漢家女，
還要懲辦搶人的罪人。

天空還未晴幾天啊，
天上又佈滿了烏雲。
官兵還未全退走啊，
回漢兄弟將要開始火拚。

馬阿里站在寨上回話：
「漢家兄弟啊請你們平靜，
我憑著回回人的信仰向你們保證，
請你們對謠言不要輕信。」

「好厚的臉皮好滑的嘴啊，
你搶走我們的姑娘還裝聖人。
勸你趕快交還姑娘脫下替罪的袍，
不然我們漢家怎能把你饒！」

「我救過一個北村女，
她罩著我妻的蓋頭穿著我妻的衣。
我問清情況便放她走了，
現在委實不知她的蹤跡。」

「穿上你妻的衣服怎能當妻？
你不該抱回家去共枕席。
哈家大院有證人，
都是你們回回人親口說起！」

寨外嗖嗖亂箭發，
馬阿里有口難辯答。
寨外吶喊陣陣高，
回漢百姓真要見兵刀？！

舉石滾的阿里氣得冒火，
能拔樹的阿里氣得吆喝，
練輕功的阿里氣得跺足，
馬阿里卻默默思考著。

寨牆外已經架起雲梯，
漢家的弓弦已經搭上飛火，
馬阿里啊難道你甘願讓漢家把寨子攻破，
馬阿里啊你趕快定奪。

石滾阿里擎起了大旗，
拔樹阿里擂起了戰鼓，
輕功小阿里篩起了鑼，
寨裡的鄉親們像著火。


## 64 路遇

依爾古柏，
是暗藏在寨子裡的毒蛇。
他常向哈家送軍情，
為了得到哈家賞賜的財帛。

前些日他正偷偷爬出寨門，
想去哈家送緊急軍情。
突然路上碰著一位姑娘，
她穿者麥麗的衣裙。

依爾古柏，
這條毒蛇，
他看見女色，
便口吐毒液。

「好俊的姑娘，
讓我魂兒飄蕩，
是胡達賜給我的玫瑰，
怎不摘來插在我的胸上。」

依爾古柏忙把姑娘阻擋，
賊眉賊眼把姑娘打量：
「你是哪家姑娘？
行走為什麼這樣慌張？」

姑娘看見一個男子攔擋，
心裡愈加驚慌，
她太年輕不懂世間險惡，
竟向壞人道出自己的悲傷。

「官兵燒了我的家，
殺害了我的爹和媽。
哈家又搶走我，
要想把我糟蹋。

馬阿里是英雄，
把我救出了牢籠。
他讓我投奔回回寨，
回回大哥請快把路讓開。」

依爾古柏把腦袋偏了一偏，
鬼主意在黑心裡轉了兩圈。
他先咳兩聲清了清嗓，
裝出一副假正經模樣。

「姑娘啊真巧，
我正是馬阿里的親表哥，
我家的門為你開著，
喜鵲打早便在枝頭叫著。」

姑娘委實年輕，
還難分辨好人壞人。
聽說是馬阿里的表親，
便立刻感到高興。

她收起緊張的心，
也收起了警惕的心，
跟隨在依爾古柏的後面，
走向回回寨子的一道偏門。

# 65 毒蛇依爾古柏

漢家姑娘剛逃出狼窩，
又掉進了蛇窖。
依爾古柏這條毒蛇啊，
緊緊把姑娘纏著。

依爾古柏把姑娘帶進家門，
趕快鎖上了大門。
依爾古柏把姑娘帶進堂屋，
馬上鎖上了二門。

姑娘見他行為鬼祟，
心裡起了疑慮。
「嘿嘿，姑娘別起疑心，
我是防範外人。」

「怎不見你家大娘？
怎不見你家阿妹？
大哥快開門放我走，
我不會忘記你的大恩。」

「咿嘿，你無家又無親，
還想到哪兒去投奔？
這是胡達的前定，
我們才有這樣的緣份。」

「你既是馬阿里的表親，
怎會產生這樣的歹心？
我是清白的女子，
決不會對你依從！」

依爾古柏撕下了假面具，
露出了野獸的猙獰。
「哼！卡廢兒，進了我的家門，
就得聽從我的安頓！」

他從籠中取出一隻小鳥，
緊緊攢在手心，
只聽鳥兒一聲慘叫，
幾股鮮血流出他的指縫。

漢家姑娘趕快捂上了臉，
不忍看這殘忍的行徑。
她悔恨自己的輕信，
現在只有祈求菩薩保佑安寧。

啊啊，地方為什麼這麼小？
世界啊，為什麼這麼窄？
可憐的漢家姑娘啊，
你總逃不出這悲慘的命運：

依爾古柏在身上抹去鮮血，
看見姑娘臉色慘白。
他認為威懾力量已經得逞，
認為這漢家姑娘已經服貼。

「你與我好好守著家門，
我去官家報告重要軍情，
你一定要守本份，
等我歸來再與你相親。」

依爾古柏打開房門，
他又鎖上二門，
依爾古柏走出大門，
他又鎖上大門。

寨外正戰鼓咚咚，
寨外正殺聲陣陣。
阿爾古柏這條毒蛇，
爬出寨門，爬進樹叢。

## 66 海蒂徹姑娘

可憐的漢家姑娘，
家園已經被燒光，
父親母親已雙亡，
你怎不悲痛斷腸。

可憐的漢家姑娘，
你剛剛脫離虎口，
卻又遇上了豺狼，
你怎不悲痛絕望！

重重的門呵，
一把把鎖，
可憐的漢家姑娘呵，
你何時才能逃出狼窩？

你哭了三天三夜，
把天都哭愁了；
你哭了五天五夜，
把地都濕透了。

你的眼淚把白蓮都染紅了，
你的悲啼讓天空都流下眼淚。
你悲愴的聲音飄過隔壁土牆，
引起了鄰居姑娘海蒂徹疑心。

縹渺隱約的悲泣來自何方？
哭聲為什麼這樣淒涼？
為什麼叫人這樣感傷？
悲泣聲使海蒂徹也淚水盈眶！

難道是來自隔壁堂兄依爾古柏家？
他沒有娶嫂嫂，
也沒有姐姐和妹妹，
哪裡會傳來女子的悲傷？

她走出門外看看堂兄的大門，
大門緊緊關閉著，
上了一把生銹的鐵鎖，
門外一片安靜一派空曠。

海蒂徹回到院裡，
忽然哭聲又在空間飄蕩。
像是從天空飄下來，
又像從地層滲出來的一縷縷悲傷。

哭聲使海蒂徹淚流臉頰，
哭聲使海蒂徹迷惘惆悵。
海蒂徹搭上竹梯爬上牆，
向依爾古柏家仔細觀望。

那哀怨的哭訴是從古柏屋裡飛出，
依爾古柏哥哥他又幹出什麼荒唐？
阿達、阿哥都守寨圍子去了，
唉，女兒家怎好干涉堂兄私事一樁？

但是，每一聲啼哭都在她血管裡旋轉，
每一聲抽泣都像箭簇穿透她的胸膛。
海蒂徹一定要去屋裡看仔細，
海蒂徹一定要制止堂兄的乖張。

# 67 海蒂徹營救漢家姐姐

「美麗的月兒啊，
你為什麼被烏雲遮著？
閃光的珍珠兒啊，
你為什麼被髒土埋著？

美麗的花兒啊，
你為什麼被苦澀的淚水泡著？
潔白的天鵝啊，
你為什麼被鐵鎖鎖著？」

「我的悲傷比天上的烏雲還厚，
我的痛苦比地上的山嶺還重。
我的父母被官軍殺害了，
我從哈家的虎穴逃出又落進狼窟。」

北村漢家姑娘的控訴，
使海蒂徹難受得放聲大哭。
「依爾古柏啊你不配做我的哥哥，
你已把賽穆家族的門庭玷辱。

苦命的漢家姐姐啊你莫悲苦，
我海蒂徹妹妹設法把你救出。

我阿達常說土地上如沒有漢家，
我們回回人生活會更苦。」

海蒂徹用石頭砸開了鐵鎖，
把受難的漢家姐姐救出。
兩位姑娘見面像同胞姊妹，
緊緊地抱住頭放聲大哭。

海蒂徹將北村姐姐扶過牆，
又把牆頭恢復了原樣。
她把漢家姐姐藏在閣樓上，
等阿達回家後送她回北莊。

依爾古柏這些日神情低落，
他知道回回寨未被攻破，
官家三百騎兵不知去向，
只是哈總鎮不知軍情正娶第四房。

雖說大事兒有些不太妙，
他依爾古柏倒有喜事一樁。
北莊的姑娘被仙風吹來，
今夜晚就能共枕同床。

誰知哈總鎮給他任務一樁，
命令他這些日四處逛蕩，
到各漢村散佈流言蜚語，
說馬阿里搶了漢家姑娘。

依爾古柏領了獎賞，
他的狼心喜得發狂：
「讓漢家去找馬阿里要人，
我卻偷偷地霸佔了這姑娘」

依爾古柏從狗洞爬進寨子，
趕快奔向自家院房，
他相信那姑娘已回心轉意，
等待他去當新郎。

依爾古柏走進院裡早已神魂飄蕩，
只見屋裡黑洞洞不見燈光。
他緊步子趕到堂屋門，
一摸不見鎖頓時發慌。

他點上燈滿屋裡找，
他點上燈滿院裡尋，
查遍屋角和地縫，
不見漢家姑娘的蹤影。

這一夜依爾古柏心神不定，
他好煩惱、好苦悶：
「關著的天鵝怎麼會飛走？
拴著的小鹿兒怎麼會出門？

大門緊緊上著鎖，
漢家女娃不能越。
東鄰牆頭高高聳，
柔弱女子哪能爬得過？

是誰到過院子裡？
是誰砸開門上鎖，
莫非妮哈翻牆來？
啊，定是這個災貨！」


## 68 鬥蛇

他一早起床把西邊牆頭查過，
可是一點痕跡也看不出。
「這小賤婢人小心不小，
她翻牆越屋還做得不露馬腳。

哼！看你小災貨把她往哪裡藏？
哼！看你小妖精往哪兒去躲？
嘴裡的肥肉往肚裡嚥，
那能讓你從牙縫裡逃脫！」

依爾古柏敲開海蒂徹家大門，
海蒂徹還睡眼惺忪。
「哥哥為什麼這麼早叫門？
禮拜寺還沒有班克的呼聲。」

「嗚哈！公雞已經鳴唱，
妹娃一人在家我哪能把心放？」
依爾古柏查看了圍牆，
便直朝海蒂徹屋裡闖。

他見幾間房裡並無動靜，
海蒂徹房裡也只她一人。
「海蒂徹！昨天你到過我院裡？」
他瞪著一雙比毒蛇還兇狠的眼睛！

「啊，難道他已經覺察出？」
海蒂徹心裡感到惶恐，
但是她裝得十分鎮靜，
輕輕搖搖頭沒有吭聲。

「哼！小賤婢，抬起頭來！
你看著我的眼睛！
你不在房裡繡花和織毛物，
竟膽敢干涉我的事情！」

「古柏哥哥，你說啥呀，
妹妹我一點也聽不懂，
求你別這樣盯著我，
我真害怕你這雙賊閃賊閃的眼睛。」

「什麼？賊閃賊閃！
說話這麼不乾淨！
不過你知道害怕就很好，
那就趕快講出真況實情。」

「古柏哥你好不講道理，
妹妹我何時干涉你的事情？
你在外面有啥不順心的事，
為啥把開水沸湯朝我身上淋！？」

海蒂徹沒有露出破綻，
依爾古柏只得溜出門。
從此他每天來七八趟，
攪得海蒂徹不得安寧。

海蒂徹盼望阿達阿哥快回來，
聽說回漢鄉親又傷了感情。
不知為什麼這兩天院子忽然平靜，
依爾古柏說他要出遠門。

海蒂徹把漢家姐姐扶下樓，
她為漢家姐姐梳梳洗洗，
為漢家姐姐泡上吉祥紅棗茶，
為漢家姐端出香噴噴飯菜和點心。

好久沒有吃過爽口的飯，
好久沒有喝過鬆心的茶。
突然間院子裡一陣響動，
依爾古柏跳牆進院門。

這突然的襲擊來得猛，
使兩位姑娘無比震驚。
漢家姐姐剛剛上閣樓，
依爾古柏已經闖進門。

依爾古柏一進屋便狂笑：
「好妹妹，你一個人吃得好豐盛，
隔一堵矮牆你不呼喚我，
沒想到我會自己登上門！」

「古柏哥你胡說什麼？
你不該跳牆進院門。」
「賊丫頭不要嘴硬，
你快回答我家裡幾個人？」

「三個人呀，阿達阿哥和我，
你問這幹什麼？莫非你得了瘋病！」
「我問你現在幾個人？」
「啊，我們兄妹兩個人！」

依爾古柏狡點地笑了笑：
「你把我當傻瓜，
我問你，兩雙筷子兩雙碗，
你還有什麼可辯論！？」

「這不是我正要去呼喊你，
請哥哥過來吃飯和用點心。」
「小賤婢，快把貴客請出來，
我要陪陪這位貴客人！」

「哥哥，你真會開玩笑，
你是自家人怎算是貴人？」
「海蒂徹，你別再裝瘋，
閣樓上住著什麼人？」

「是我住的地方，
你胡亂來我要告訴父親！」
「哈哈，你小小年齡便藏男子漢，
伯父回來對你更不容情！」

依爾古柏說罷便直朝閣樓奔，
海蒂徹急得冷汗淋。
「站住！依爾古柏，
我們女孩子家住的屋子讓我先收拾乾淨。」

海蒂徹先上了閣樓，
稍一會讓依爾古柏上去找尋。
依爾古柏急匆匆爬上木梯，
快上樓突然被海蒂徹推下地心。

依爾古柏啊喲一聲便無動靜，
海蒂徹裹著棉被跳下樓，
安好梯子扶下漢家姐，
趕快奔向院子門。

依爾古柏慢慢甦醒，
眼看兩個女子奔出門。
他拔出靴刀看個準，
用勁擲向堂妹後背心。

海蒂徹突然右肩像毒蛇咬，
一股鮮血浸衣裙。
「妹妹，你你……」
「姐姐，快走，別讓毒蛇纏住身。」


# 69 海蒂徹之死

石滾阿里將旗擎了起來，
拔樹阿里將鼓擂了起來，
輕功阿里將鑼敲了起來，
寨裡的鄉親像火一樣著了起來。


馬阿里啊馬阿里，
你還在想什麼啊？
寨子已被漢人層層包圍了，
他們炮膛裡火藥都填滿了。


馬阿里啊馬阿里。
你還在想什麼啊？
人家的雲梯都架好了，
人家在寨圍下把柴都堆成山了。

馬阿里啊馬阿里，
我們已經受夠官家的欺負，
難道還要受漢人的侮辱？
你為什麼還不把命令發出！

「朵斯第啊朵斯第，
不要搖動旗幟了。
穆斯林啊穆斯林，
不要再擂戰鼓了。

漢家兄弟啊也不要吶喊，
漢家兄弟啊也不要擂鼓，
回漢兄弟自相鬥起來，
官家正高興地等咱哭。」

阿里在寨圍上莊嚴宣佈，
不准向城外拋出一磚射出一鏃。
「我們回回是講仁愛信義的民族，
回漢如兄如弟決不能互傷筋骨。」

石滾阿里聽了上了火，
拔樹阿里聽了直跺腳。
「漢人乘危來打我們的寨子，
我們跟他們還講什麼仁愛和聯合？」

寨外又震天地吶喊起來了，
寨裡穆斯林們洗了「大淨」了，
到禮拜寺念了「討白」了，
準備跟漢人拼個你死我活了。

寨外嗖嗖連射進三隻箭，
阿里一隻一隻都接在手裡。
寨外的戰書一封比一封嚴厲，
阿里還是一次次誠懇地解釋。

「漢家兄弟切莫動武，
誰搶去了漢家女定會水落石出。
我憑著伊斯略目的信仰起誓，
決不讓壞人挑起回漢衝突。」

寨外有人高聲叫喊：
「馬阿里，都因你惑眾反官，
都因你搶了漢家的姑娘，
才讓回回遭了這麼大的災難！」

依爾古柏這個陰險的賊貨，
又混在漢人群裡儘量把油潑。
寨外喊聲更高了，箭羽更多了，
人群開始向寨圍腳衝過來了。

忽然圍牆上來了兩位姑娘，
她倆向寨外大聲呼嚷。
一位戴著長長的綠蓋頭，
一位穿著漢家的衣裳。

「鄉親們切莫開仗，
我就是北莊的趙秋娘。」
秋娘從頭把她的經歷講述，
寨內寨外的鄉親誰不為之悲傷？

秋娘的話還未講完，
機靈的海蒂徹啊突然發現，
一個蒙面的人將箭羽對準了秋娘，
眼見箭羽就要離弦。

海蒂徹來不及思索，
忙用身體將秋娘遮擋，
說時遲來時快啊，
箭鏃已經穿進年輕姑娘的胸膛。

她沒哼一聲沒說一句話，
便緩緩地倒在秋娘的身上。
「妹妹啊，我的好妹妹，
你為何將雙目緊緊地閉上。」

看見妹妹胸前鮮血直淌，
看見妹妹肩上的刀傷：
「我的好妹妹啊親妹妹，
你全為了保護我趙秋娘！

妹妹啊，我們雖然是異姓啊，
卻同親姐妹一個樣。
我們雖然不是一個民族啊，
卻是長在一條根上。

老天爺呀老天爺，
你為什麼不將我秋娘收去，
為什麼把我留下來，」
秋娘痛哭得昏倒在地上。

看見海蒂徹死得義氣，
看見海蒂徹死得悲壯，
誰不為她流下傷心的眼淚，
誰不為她義憤填胸膛！

阿里圓睜著金星的眼睛，
看見蒙面歹徒正在慌張。
「漢家兄弟快快閃開啊，
讓這惡徒把我的箭鏃嘗。」

寨下人群趕忙閃讓開，
蒙面賊子無處去躲藏。
阿里的弓弦一聲悶響，
箭鏃穿透背心出胸膛。

依爾古柏這個哈哇尼，
像一堆臭肉倒在地上。
寨外漢家兄弟識破官家伎倆，
都將唾沫吐在屍體上。

海蒂徹啊海蒂徹，
你用生命救了漢家姐姐，
你用鮮血解了回漢的誤會，
你是回回家的好姑娘。

官家的計謀破產了，
漢家兄弟紛紛撒走了，
官軍沒精打采地退進城了，
哈家大院的門也緊緊關上了。

# 70 歡樂的寨子

玉蘭花開起來了，
梔子花香起來了，
金銀花爬滿架了，
回回寨子歡騰起來了。

少年們把金線的回回帽戴上了，
少女們把繡花衣和長裙穿起來了，
歌手們把琴瑟撥弄起來了，
老年阿爺們捋著鬍鬚笑開了。

廣場上擠滿了人，
他們來自各個回回屯。
寨子裡人像潮湧，
他們來自漢家村。

誰能把雲和雨分開？
誰能把魚和水分開？
誰能把鳥兒和樹林分開？
回漢兄弟的情誼像水與乳那樣和諧。

回回樂師撥動弦琴，
彩色的蓋頭飄起來了。

漢族兄弟敲起了鑼鼓，
旱船在人浪裡盪起來了。

回回歌手用手抬著耳垂，
唱起高亢婉轉的伊斯蘭詠調。
漢家歌手搖擺著身子，
唱起了悠揚的踏山歌謠。

回回的鳳舞，
漢家的龍盤。
回回的走繩，
漢家的爬杆。

回回的紅拳，
漢家的羅漢。
回回的騰空刀，
漢家的臥龍劍。

熱烈的牛皮鼓啊，
表達了千家回回摯誠的心。
宏亮的銅鑼啊，
傾訴了無數漢家親善的心願。

回回們相逢納手，
互相道色蘭。
漢民相逢拱手作揖，
互相禮讓問平安。

歡樂的塵囂沖向高空，
歡樂的塵囂漫向四邊。
安居樂業的聲浪啊，
發自回漢百姓的心田。

# 71 一朵小花蕾

玫瑰花為什麼這麼香，
月季花為什麼這麼紅，
鳳仙花為什麼這麼嬌，
七里香在竹籬笆上悄悄吐纓。

公雞為什麼不敢打鳴，
麻雀為什麼不敢嘰喳出聲，
八哥兒也不敢學說話，
那匹靈性的馬等候在門外似在靜聽。

阿里在院裡已經潑了三次聖水，
老阿媽已經在院裡撒了三次花瓣，
老阿達已經朝向克白念了「杜阿」，
全家幸福地等待著小生命的降臨。

突然間幾聲嬰兒的啼聲，
像樂神撥動了歡樂的弦琴，
大地應聲歡騰了起來，
萬物都應合著這琴音。

公雞飛上屋脊引吭高歌，
麻雀們在簷前為是男孩女嬰嘰喳爭說。
八哥兒叫喚著「恭喜！恭喜！」
棗紅馬兒也高興地噴吐著歡樂。

接生婆婆出屋來笑盈盈，
她大聲報喜：「是一個千金！」
老阿達高興地回答：「知感真主。」
老阿媽輕輕念著：「胡大賜憫。」

頭上纏著帶絲塔的阿訇來了，
阿奶從產房抱出剛出生的小嬰。
阿訇接在懷中是那麼莊嚴神聖，
對著小小耳朵小聲地念著經文。

阿訇在囑咐嬰兒一些什麼？
是告訴她長大要成為虔誠的穆民？
是告訴她人生道路的艱辛？
還是告訴她父輩是出眾的英雄？

阿訇為嬰兒命了經名：
馬·者麥麗·法圖梅這美好的名稱。
阿訇又用阿漢混合的話祝福，
阿爺阿奶聽了無比高興。

這是馬阿里家的喜事，
也是整個寨子的喜慶。
鄉親們送來紅糖、紅棗，
漢家兄弟送來鮮豔的彩巾。

馬阿里翻身上了馬鞍，
紅鬃馬兒像一朵騰空的紅雲。
年輕的父親高高舉起彩色的絲帶，
要親自把這喜訊傳報給回回鄉親。

# 72 突變

像滿天的烏鴉，
聒噪著飛來。
像漫地的黑浪，
兇狠地捲來。

老奸巨滑的巡撫，
帶著官軍突然奔來。
殘暴刁惡的哈大鼻，
帶著家丁襲來。

禮拜寺望月樓上的梆子響了，
四處的牛角號嗚嗚地報警了，
壯漢們登上寨垛了，
幾座寨門緊緊關上了。

箭羽像貪饞的飛蝗，
在吸吮著義民的鮮血。
火炮像咆哮的野獸，
在兇殘地撕吃義民的骨骼。

寨裡義民在呻吟，
寨裡房屋在燃燒。

婦女們取掉了蓋頭，
連滿拉們也拿起了槍刀。

馬阿里在寨牆上屹立，
像一座雄拔的金字塔一般。
馬阿里在寨垛前站立，
像一座巍峨的高山。

寨圍被轟塌了，
馬阿里搬來一座石山填上。
寨門被攻破了，
馬阿里推來幾堵牆填擋。

石滾阿里把牛皮鼓擂得更響了，
拔樹阿里把擂木拋得更遠了，
輕功小阿里把箭射得更準了，
義民們把官軍頂住了。

十二級邪風，
沒有把回回寨子動搖，
掀天的惡浪，
沒有把回回寨子吞沒。

官軍的攻勢減弱了，
官軍的箭羽亂飛了，
巡撫的眼睛氣紅了，
哈大鼻的腦袋耷下來了。

巡撫擺一擺手，
箭羽停放了，
火炮不響了，
老頭兒又施展詭計了。


# 73 犧牲

巡撫老頭好生惱恨，
當年他曾經狂妄宣稱：
「回回人好比我掌心的麥粒，
用點勁兒就會搓成麵粉。」

可是為打這座寨子，
他卻損了將又折了兵丁。
老頭兒把牙關咬得咯咯響，
要如此這般才能把寨子平定。

他抓來了老鐵匠，
抓來一些回回的婦女和兒郎。
抓來有盟約的漢家兄弟，
抓來北莊的趙秋娘。

他們都被五花大綁，
被官軍推到陣前。
一個官兒向寨內高聲叫喊：
「馬阿里不投案便腰斬人犯！」

頓時，寨子裡像隕石從天而降，
頓時，像沸油澆向回回人的脊樑。
打仗就該刀對刀槍對槍，
巡撫老頭兒卻用這卑鄙伎倆。

官軍強迫老鐵匠讓馬阿里投案，
老阿爸果然向阿里大聲呼喊：
「阿里啊，我神勇的女婿，
守衛好寨子，保護穆民的平安！」

官軍推著老鐵匠向前，
雲梯緊緊跟在後面。
「朵斯第喲，不要顧全我，
快快向禽獸們放箭！

寨圍上好靜啊，
連風颳旗子的聲音也能聽見。
敵人越來越逼近寨圍，
老阿爸更加焦急地向穆斯林們呼喚。

寨圍上好靜啊，
小阿里噙著淚水不時拉著空弦。
「我的愚蠢的女婿啊，
難道為顧我一人讓寨子血淹！

啊，穆斯林啊，
這是胡達的口喚，
快快向我放下擂木，
快快向我射出飛箭！」

寨子難道沉到海底？
為什麼沒有半句語言？
可怕的寂靜啊，
老阿爸怨恨親人們不該小處著眼。

老阿爸哪裡知道神勇阿里的計畫，
等待官軍逼近寨牆才把他們射殺，
由輕功的小阿里縱身寨圍下，
去救上年邁的岳父老阿達。

老阿爸突然轉身站下，
巍峨峨像一尊鐵塔。
他大吼一聲一頭撞過去，
頓時啊者阿爸血染黃沙。

突然間寨圍上箭如雨發，
突然間萬顆石彈飛下，
官軍們慌忙退走，
老阿爸壯烈地把鮮血灑在寨牆下。


## 74 穆斯林的彩虹

巡撫老兒一計失算，
他又一計更加兇殘。
俘來回漢老少一片，
揚言馬阿里不投案便把人質腰斬。

一道道通牒射向寨內，
像死神黑色的披肩。
遮住了太陽，
裹住了白天。

瞬間，寨內的空氣凝結了，
瞬間，寨子變成嚴寒的冬天。
瞬間，鄉親們開始慌亂，
瞬間，寨子像一隻擱淺的船。

馬阿里召集眾頭領議論軍情，
要親自前往敵營解救眾鄉親。
眾頭領哪裡肯答應，
此去只能有死無生。

「狗巡撫十分殘忍，
如我不前往，
午時三刻他定要斬人，
我豈是不義之人？」

拔樹阿里願代替，
石滾阿里願替身。
「感謝你們的盛情，
這件事我已決定！

我去後切勿鬆懈，
一定要把守好寨門。
我一定會回到寨子來，
跟鄉親們共同耕耘。」

馬阿里到禮拜寺沖了「大淨」，
又到大殿上念了幾段經文。
他穿著潔白的袍服，
纏著雪白的頭巾。

午時三刻已迫近，
他來不及與雙親告別，
他顧不上和嬌妻辭行，
他沒時間跟幼女親親。

馬阿里向敵陣傳下話：
「只要官軍退走，
只要官軍鬆開百姓的綁繩，
我馬阿里便隻身赴軍營！」

馬阿里在寨圍上看見官軍後撤，
又看見鬆開了百姓的綁繩。
他從容跟鄉親們納手告別，
縱身圍外走向巡撫大營。

巡撫叫聲快給我拿下，
話音未落擁出數十名將丁。
馬阿里冷冷一笑：
「我頂天立地的回回豈容爾等繩捆！」

巡撫捋著鬍鬚得意一笑：
「馬阿里，你已經成階下囚，
本官有心保舉你，
你何必跟官家作對頭？」

馬阿里將巡撫看了一看：
「只要有你們這般髒官，
就會有反官家的人出現，
你們殺不盡斬不完！」

「我讓哈總鎮為你念經，
祈禱你們真主恕饒你的罪行。」
「他是一隻可惡的狗，
我不允許他褻瀆我的靈魂！」

午時三刻的炮已響，
馬阿里從容走向刑場。
他選定一塊坡地，
把一條紅毯鋪上。

他向被釋放的回漢鄉親道別，
他按伊斯蘭的禮儀跪在紅毯，
為了信仰的純潔與百姓的苦難，
他願將全部苦難承擔。

突然天地飛沙走石，
突然一陣暴雨雷電。
戰馬驚恐漫野奔跑，
巡撫帳前旗杆折斷。

暴風後天空出現彩虹一道，
暴雨後坡上出現松柏一片。
有人說阿里登上彩虹進入天國，
有人說阿里化為松柏守衛家園。

坡上有許多彩色石頭，
人們叫它阿里石。
坡上有許多松樹，
人們叫它阿里松。

回回鄉親們懷著虔誠吻著阿里石，
因為阿里保衛了家鄉。
漢民老遠趕來崇敬地瞻仰阿里松，
因為阿里的品德高尚。

# 75 幾百年了，古老靜穆的院落

桃花開過多少次？
楊柳綠過多少回？
春水泛過多少遍？
朝代換過多少個？

納家的河啊早已改了名，
哈家的灣啊早已換了姓。
唯獨阿里坡下邊的小院，
它的面貌仍未變更。

七里香編織的籬笆，
翠竹掩映的牆，
還有那棵桂花樹和枇杷樹，
它們長得更粗、更高、更香。

門楣上仍然貼著「杜阿」。
窗上仍然貼著窗花，
井水仍然那樣清澈甘甜，
院門外木樁依然可拴馬。

一代人一代人過去了，
一代人一代人保護著它，

傳說齋月裡馬阿里一家要回來，
人們便在院裡把花瓣和麝香撒下。

夜裡，人們神祕地跑到坡上，
總愛長久地向院裡張望。
希望能看見阿里巴巴，
看見者麥麗和他們的小姑娘。

這是多麼純厚的愛戴，
這是多麼真誠的敬仰，
這裡包含著多深的情感，
這裡寄託著多少美好的嚮往。


## 尾聲

阿里坡呵阿里坡，
一位反抗邪惡的英雄獻身多悲壯，
他的鮮血把家鄉土地哺養，
讓萬樹蔥綠百花開放。

穆斯林不甘於做奴隸呵，
他們堅持著純真的信仰，

他們用美麗的傳說把阿里傳頌，
他們用神奇的故事寄託理想。

老祖母的故事令人神往，
像一股清泉叮叮噹噹，
點點滴滴沁入孩子們的心窩，
他們同聲把英雄頌揚。

繁星呵更多了，
銀河呵更亮了，
桂花樹呵更香了，
寂靜的大地熱鬧了。

老祖母的故事讓人盪氣迴腸，
孩子們把它牢牢記在心上，
他們的心窩裡飛起一隻五彩的鳳凰，
在繁星下飛翔、飛翔⋯⋯


1961年初稿
1991年修改於北京百望山麓
2005年又改於中國人民大學靜園

# 附　初版後記<sup>*</sup>

《穆斯林的彩虹》原名《阿里坡》，是我寫的一部回族敘事長詩。寫這部詩的起心已很久。我從小生活在聚居的回回區，聽到過許多本民族的或天方（阿拉伯）的美麗而動人的民間故事，給我兒時的心靈留下了美好的記憶。可是這些故事沒有人來搜集和整理，更少由文人來加工創作。當四十年代初我就讀成都西北中學（回民中學）時，便萌發過創作之心。

五十年代我在大學講文學課時，見到發掘了許多少數民族民間敘事詩，而回族在這方面卻是一個空白，心裡很不是滋味。每每講到這個空白，更加刺激了我，於是，我在五十年代末期便開始嘗試將家鄉回族民間故事加以創作和發展，還採用了一些小說、戲劇創作的表現手法，至一九六一年初便寫出了第一稿。正好這年秋天著名兒童詩人聖野（周大康）來訪，他是第一個讀到我初稿的人，當時，他十分興奮，希望我精改後出版。通過這部詩稿，此後我們成了詩友並結成了厚交。

沒有想到，這部詩稿的命運不佳，一窩便是三十多年，還差點兒丟失。

八十年代是出版的旺季，或許它是一個醜姑娘，故多年來仍然找不到婆家。當我寫它的時候，我還是一個亮眼睛、黑

---

<sup>*</sup> 編案：一九九一年簡體版後記。

頭髮的青壯年，可是，漫長的歲月，已使我變成了一個眉髮斑白、兩眼朦朧的老頭子了。如果書中的主人翁與我同老的話，他們也大多年過半百了。因此，我在扉頁上不無感慨地寫下了那麼幾句話。

我祈望，我的朦朧的眼睛，看見這道彩虹，仍然雷雨後那般壯麗、鮮豔。

我指導的幾位碩士研究生佟城春、張雅潔、陳陽等，深知我的心事，城春儘管公務繁忙，可是為我這部詩的出版四處奔波，雅潔雖身居異國，亦常來信詢問和催促。城春終於替這個醜姑娘找到了婆家，在電子科技大學出版社出版，與讀者見面了。女兒嫁出去了，我的一椿心事也就放下了。

我十分感謝城春和本書的責任編輯，他們在編輯、審稿工作中花費了不少心血。我感激他們為我們回回民族做了一椿有益的事情。中央民族學院林松先生還為這部詩中的阿拉伯文、波斯文詞語進行了審正，並在伊斯蘭宗教知識方面給予了指導。林松先生還為書的封面書寫了阿拉伯文書名，重版時作者作了修飾。電子科技大學出版社的美編周元勳為該書描繪了插圖。在此，我向曾熱情關注過這部詩稿和積極推薦出版的有關人士，一併致謝。

儘管這是一部並不成熟的詩稿，但是，它代表著我一顆赤誠的心，我謹將它呈獻給我親愛的各民族讀者。

馬德俊 1991年5月15日於成都

讀詩人50　PG1163

 穆斯林的彩虹
　　　——馬德俊長詩

| | |
|---|---|
| 作　　　者 | 馬德俊 |
| 責任編輯 | 鄭伊庭 |
| 圖文排版 | 高玉菁 |
| 封面設計 | 秦禎翊 |

| | |
|---|---|
| 出版策劃 | 釀出版 |
| 製作發行 | 秀威資訊科技股份有限公司 |
| | 114 台北市內湖區瑞光路76巷65號1樓 |
| | 電話：+886-2-2796-3638　傳真：+886-2-2796-1377 |
| | 服務信箱：service@showwe.com.tw |
| | http://www.showwe.com.tw |
| 郵政劃撥 | 19563868　戶名：秀威資訊科技股份有限公司 |
| 展售門市 | 國家書店【松江門市】 |
| | 104 台北市中山區松江路209號1樓 |
| | 電話：+886-2-2518-0207　傳真：+886-2-2518-0778 |
| 網路訂購 | 秀威網路書店：http://www.bodbooks.com.tw |
| | 國家網路書店：http://www.govbooks.com.tw |
| 法律顧問 | 毛國樑　律師 |
| 總經銷 | 聯合發行股份有限公司 |
| | 231新北市新店區寶橋路235巷6弄6號4F |
| | 電話：+886-2-2917-8022　傳真：+886-2-2915-6275 |

| | |
|---|---|
| 出版日期 | 2016年1月　BOD一版 |
| 定　　　價 | 280元 |

**Printed in Taiwan**

**國家圖書館出版品預行編目**

穆斯林的彩虹：馬德俊長詩 / 馬德俊著. -- 一版. --
　臺北市：釀出版, 2016.01
　　面；　公分. -- (讀詩人 ; PG1163)
　BOD版
　ISBN 978-986-5696-65-8 (平裝)

851.487　　　　　　　　　　　　103025302

# 讀 者 回 函 卡

感謝您購買本書，為提升服務品質，請填妥以下資料，將讀者回函卡直接寄
回或傳真本公司，收到您的寶貴意見後，我們會收藏記錄及檢討，謝謝！
如您需要了解本公司最新出版書目、購書優惠或企劃活動，歡迎您上網查詢
或下載相關資料：http:// www.showwe.com.tw

您購買的書名：_____

出生日期：_____年_____月_____日

學歷：□高中 (含) 以下　　□大專　　□研究所 (含) 以上

職業：□製造業　□金融業　□資訊業　□軍警　□傳播業　□自由業
　　　□服務業　□公務員　□教職　　□學生　□家管　　□其它_____

購書地點：□網路書店　□實體書店　□書展　□郵購　□贈閱　□其他

您從何得知本書的消息？

　□網路書店　□實體書店　□網路搜尋　□電子報　□書訊　□雜誌

　□傳播媒體　□親友推薦　□網站推薦　□部落格　□其他_____

您對本書的評價：（請填代號　1.非常滿意　2.滿意　3.尚可　4.再改進）

　封面設計____　版面編排____　內容____　文／譯筆____　價格____

讀完書後您覺得：

　□很有收穫　□有收穫　□收穫不多　□沒收穫

對我們的建議：_____

_____

_____

_____

11466
台北市內湖區瑞光路 76 巷 65 號 1 樓

**秀威資訊科技股份有限公司**　　　收

BOD 數位出版事業部

........................................................................

（請沿線對折寄回，謝謝！）

姓　　名：＿＿＿＿＿＿＿＿＿　年齡：＿＿＿＿　性別：□女　□男

郵遞區號：□□□□□

地　　址：＿＿＿＿＿＿＿＿＿＿＿＿＿＿＿＿＿＿＿＿＿

聯絡電話：(日) ＿＿＿＿＿＿＿＿＿＿　(夜) ＿＿＿＿＿＿＿＿＿

E-mail：＿＿＿＿＿＿＿＿＿＿＿＿＿＿＿＿＿＿＿＿＿＿